大活字本シリーズ

貫井徳郎

私に似た人《上》

埼玉福祉会

私に似た人

上

装幀　関根利雄

目次

私に似た人

樋口達郎の場合

I

最初は、スマートフォンで見たニュースサイトで知った。

またか、と思っただけだった。またテロだ。今年に入って何回目だろう。テロが始まったときこそびっくりしてニュースに敏感になっていたが、こう何度も続くとその状況に慣れてしまう。いいことだけでなく悪いことにまで慣れるのは、人間の特性か、それとも日本人の悪癖か。新たに起きたテロに対してこんな反応しか示さないのは、おそらく達郎《たつろう》だけではないはずだった。

仕事帰りの電車の中だった。吊革に摑《つか》まりながらスマートフォンをいじっている人は、他にもたくさんいる。見慣れた光景。つい数年前まで、スマートフォンなんてものは存在していなかったとはとても思えない。社会の変化はいつの間にか起き、気づいてみればそれが当たり前になっている。スマートフォンもテロも、その意味では同じだった。

自宅の最寄り駅で降りて、途中のコンビニエンスストアで弁当を買った。夕食なのでちょっと張り込み、四百八十円の唐揚げ弁当にする。体が脂っこいものを欲しているときは、いつも唐揚げ弁当に手が伸びる。奮発した結果が唐揚げ弁当でしかないことなど、もうなんとも思わなくなった。

アパートに帰り着き、買い置きのウーロン茶をコップに注《つ》いで、弁当を広げた。スマートフォンのワンセグを起動し、机の上に置く。テレビは、地上デジタル化された際に処分した。新しく買い替える金がなかったからだ。テレビがなければＮＨＫに受信料を払わなくて済むので、かえって経済的だ。画面は小さいが、単に番組を見るだけならワンセグで事足りる。本当はワンセグでもＮＨＫの受信料を払わなければならないそうだが、テレビは処分したと言っただけで集金人はおとなしく引き下がってくれた。

いつもの習慣で、まずはニュース番組にチャンネルを合わせた。いきなり、トラックがビルに突っ込む様子が映った。こうして映像が放送されているのだから、ドラマか映画だろうと思いかけたが、実際に起きたことだった。携帯電話やスマートフォンで気軽に動画が撮れるから、今や日本国民の大半がビデオカメラを持ち歩いているようなものである。こんな決定的シーンをたまたま撮影している人がいても、決して不自然ではないのだった。

去年辺りから頻繁に起き始めた、《小口テロ》だった。世界貿易センタービルに旅客機が突っ込むような、派手で大規模なテロではない。せいぜい今放送されたような、トラック一台でビルにぶつかる程度の局地的なテロが、日本のあちこちで起きるようになった。犯人同士の繋《つな》がりは、明確になっていない。繋がりはあると言えばあるが、たいていは当人たちに面識がないからだった。一部の犯人たちが、インターネットでやり取りをしたことがあるだけらしい。それだけでなく、単に尻馬に乗って犯行に走る者までいて、そうなると繋がりなどまったくないのだ。

テロ組織があるわけではなく、指導者の存在も確認されておらず、思想すら特に共有していないのが、《小口テロ》の犯人たちの特徴だった。それでも彼らは、自分たちを《レジスタント》と称している。社会に抵抗するレジスタント。彼らは抵抗するだけで、社会を変えられるとは思っていない。テロの先を見ていない。そんな新種のテロを、人はいつの間にか《小口テロ》と呼んでいた。

女性リポーターがマイクを持ち、現場の前から実況していた。どうやら犯人は、トラックの運転席で死んでいたらしい。自爆テロならぬ、自損テロだ。だが、数名の人が巻き込まれて死傷したという。テロに狙われる理由などない、ごく普通の一般人が亡くなったり怪我をしたりしたのだろう。《小口テロ》の犯人たちには憤《いきどお》りを覚えるが、さりとて達郎にできることなど何もない。

日本の至るところで起きている、ごく見慣れた光景だった。異常なことも、日常レベルで頻繁に起きれば、普通のことになる。誰もが電車の中からインターネットにアクセスするようなものだ。かつてはSF映画や小説でしかあり得なかった未来が、今は当たり前の日常になっている。当たり前に起きるテロ。それに恐怖したのも最初だけで、もはやなんとも思わなくなっていた。そして、なんとも思わなくなっていることにも、何も感じなくなっていた。

犠牲者の名前を、画面上で見るまでは。

四・五インチの画面だから、表示された文字は小さかった。それなのになぜか、その名前だけが大きくなって目に飛び込んできたかのようだった。かつて何度も呼びかけた名前。相手の名字がいつか〝樋《ひ》口《ぐち》〟になると夢想していた名前。達郎は我が目を疑い、思わずスマートフォンを取り上げて顔を近づけた。じっくり見てみても、表示されている名前は変わらなかった。

実況しているアナウンサーも、被害者の名前を読み上げた。二番目に呼ばれた名前が、耳から飛び込んで頭蓋の中で反響する。目と耳から入ってきた情報が、何かの間違いだと思いたがる気持ちを否定する。被害者の名は、確かに〝香月紗弥《こうづきさや》〟だった。

2

紗弥とは高校生のときに知り合った。同級生だった。在学中に一度しかない三年進級時のクラス替えでも一緒だったから、結局高校生活三年間を同じクラスで過ごした。互いに異性に対して積極的になるタイプではなかったから、三年という時間がなければ親しくなることはなかっただろう。一年のときにはろくに話もしたことがなく、二年になってちょこちょこと言葉を交わし始め、三年の学祭をきっかけに決定的に距離が縮まった。だから高校生活の思い出は、極端に濃淡がある。紗弥と親しくなかった頃の記憶は薄く、三年の二学期からいきなり濃密になる。思い出せば今でも、あの頃のやり取りひとつひとつが頭の中に甦るほどだった。

達郎は当時、美術部に所属していた。といっても絵がうまかったわけではなく、運動が苦手だから消去法で選んだだけだった。音楽のセンスはないいし、勉強の延長のようなこともしたくない。何かを創作するなら、文章を書くよりは絵の方がまだまともなものになりそうだ。加えて、美術部は女子部員の方が多く、高校男子特有の噎《む》せ返るような汗臭さがなかったことも入部した理由のひとつだった。達郎はがさつな人が苦手で、おとなしい女子に囲まれていた方が安心できたのだった。

紗弥も似たような性格だったが、所属していたのは吹奏楽部だった。紗弥は幼いときからピアノを習っていたので、優れた音感を持っていたのだ。後に達郎もピアノを習わなければならなくなったとき、紗弥にはずいぶん助けてもらった。曲がりなりにもいくつか曲が弾けるようになったのは、間違いなく紗弥の指導のお蔭だった。

美術部と吹奏楽部では接点がまるでなかったが、学祭の準備という場が双方の力を必要とした。達郎たちのクラスでは模擬店を出すので、教室を改装しなければならず、そうなると美術部の出番だった。そしてそこはジャズバーのイメージということに決まったため、ピアノならぬ電子キーボードを弾くのは紗弥の役目となった。仕事内容は違ったが、一緒に居残りを続けるうちに、馬が合うことに気づいた。運動部ではなく文化部を嗜好《しこう》し、大勢がいる場では決して目立とうとしないが、自分の役割は責任を持って全《まっと》うする。性格の根本にそうした共通点があることを互いに見いだせば、親しみを覚えるのは当然だった。たまたま帰る方向が一緒だったことも、ふたりの距離を縮める一因だった。何度も一緒に帰るうちに、それぞれがそれぞれの特別な人になった。

その関係は幸いにも、別々の大学に入っても続いた。達郎も紗弥も、学校の成績は底辺ではないが格別よくもなかった。だからふたりとも、そこそこと形容するのがぴったりの中ランクの大学に入った。基本的に真面目なので勉強はしたが、いくらがんばってもいまさら一流企業に入れないのはわかりきっていた。そこそこであるが故に、夢も持てない大学生活。達郎はそれを特に恨むことはなく、社会とはそういうものだとごく自然に受け入れていた。平凡に生きる道しか自分の前にはなくても、その道こそが最も達郎の望むことだったのだ。

だから紗弥は、達郎にとっていいパートナーだった。紗弥にも、非凡なところは何もなかったからだ。容姿は、不細工とまでは言わないが目立つ顔立ちではまったくない。一度会っただけで紗弥の顔を憶える人は、よほど記憶力に恵まれているのだろう。達郎自身も、香月という同級生を認識したのは名前が綺麗だったからだが、それがどの人なのかはなかなか憶えられなかった。名前に似合わずずいぶん地味な人だな、などと失礼なことを考えていた。

しかし、そこがよかった。派手な顔立ちや強烈な個性の持ち主は、自分には似合わない。地味な容姿と前に出たがらない性格こそ、達郎が最も愛する点だった。地味同士でも、ふたりきりでいるときには気持ちが浮き立つ。他の人には見せられない陽気な一面が、心の奥底から立ち現れてくる。達郎と紗弥は、何かというと互いのことを「地味だね」と称して笑った。地味だと言い合うことで、自分たちの距離感を確かめて安心していた。

達郎は将来、保育士になりたいと思っていた。保育士といえば女性の仕事というイメージがまだ世間では強いが、人と争うことが嫌いで、男性社会に生きづらさを感じる自分にはぴったりの仕事だと思っていた。紗弥もまた、達郎の夢には諸手を挙げて賛成してくれた。

『達ちゃんくらい保育士が似合う男の人は、世の中に他にいないよねー』

紗弥はそんなふうに、目を細めて笑った。紗弥は達郎の夢まで含めて、好意を持ってくれているのだった。

『乱暴なところがかけらもないしさ、優しくて小さい子が好きだし、気配りができるし、ホント、男の人とは思えない』

『なんだよ、人をおかまみたいに言うなよ』

達郎も笑って言い返したが、まったくそのとおりだと内心では同意していた。運動が苦手な達郎は体の線が細く、筋肉はほとんどないに等しい。身長も高くないので、女装映えしそうだとよく言われる。性同一性障害の傾向はないが、自分は女に生まれるべきだったと真剣に思っていた。

『あたし、おかまの人とは気が合うかも』

紗弥は達郎相手なら、そんな冗談も言った。達郎以外の人に対してでは、たとえ女性に向かってでも紗弥は冗談など口にできない。達郎だけが知る、紗弥の意外な一面だった。

大学時代のデートはもっぱら、散歩がメインだった。お互いに金がなかったからだ。しかし散歩は楽しかった。紗弥と付き合い始めて、達郎は散歩の楽しさを知ったと言ってもいい。東京は散歩をするのに打ってつけの街だった。見所がたくさんあり、それぞれに表情が違う。毎週のように会って出かけているのに、見たいところは尽きなかった。紗弥も達郎も、賑やかな場所よりは風情のある地域を好んだ。谷中《やなか》やかっぱ橋、清澄《きよすみ》から門前仲町《もんぜんなかちょう》にかけて、それから柴又《しばまた》などがふたりのお気に入りだった。年寄りの街と言われる巣鴨《すがも》にも、何度か足を運んだ。その他、六義園《りくぎえん》や浜離宮《はまりきゅう》、新宿御苑、明治神宮などの庭園やそれに類する場所に行くのも好きだった。目黒《めぐろ》の庭園美術館、青山《あおやま》の根津《ねづ》美術館、六本木《ろっぽんぎ》の国立新美術館、それから上野《うえの》の西洋美術館、東京都美術館などにはたくさんの思い出がある。回想すれば胸が温かくなり、同時に切なくなる思い出だった。

紗弥の変化は、大学を卒業して社会人になった頃から始まった。社会に出て、化粧がうまくなったのだ。すると驚いたことに、紗弥は美しくなった。女はこんなに化粧で変わるものかと、最初は啞然とした。社会で揉まれた紗弥はもう、目立たないとか地味だのといった形容が似合わなくなっていた。化粧を落とせば以前の紗弥の顔に戻るのでホッとしたが、日中に一緒に歩いているときは別人のような違和感が常にあった。もっとも、紗弥自身はいっこうに変わらないし、すれ違った男が紗弥にちらりと視線を向けていくことに気づいたときは誇らしくもあった。達郎も若い男である。自分の恋人が美人であることには、恐れよりも満足感を覚えていた。

達郎は大学在学中に保育士試験に受かり、卒業とともに保育士として働き始めた。男性保育士は必要とされる割に数が少ないので、就職には苦労しなかった。ただ、男性保育士に期待される力仕事や親との折衝ではあまり役に立たないので、当初はかなりがっかりされてしまったのだが。女性主体の職場でも浮くことなく、やがて溶け込めたのは嬉しいことだった。

保育士の仕事はやり甲斐があった。子供たちは純粋にかわいいし、ひとりの人間が形成される過程に少なからぬ影響を与えているかと思うと、身が引き締まる感があった。元気いっぱいの子供たちの相手をするのはエネルギーを吸い取られるが、逆に寝顔の愛らしさに力をもらったりした。「好き」という言葉の裏に何もない子供たちの愛情表現に、何度感動させられたか知れなかった。

子供を預けている親の都合で、残業をすることもしばしばあった。紗弥とデートの約束があるときに急な残業になってしまうのは残念だったが、そんなときは保育園まで来てもらった。最初は自分の恋人を職場に呼ぶことに抵抗があったのだが、他の女性保育士たちが強い興味を示して、ぜひ呼べと言ったのだ。その言葉に甘えて紗弥を招いてみると、保育士たちは絶句した。想像よりも、紗弥が遥かに綺麗だったからだろう。化粧がうまいんですよ、とも言えず、照れ臭いながらも自慢に思った。実際、紗弥は単に化粧がうまいだけでなく、もともとの顔立ちが整っていたのだとこの頃には思い始めていた。単に地味に装っていたから気づかなかっただけで、紗弥は最初から美人だったのである。

ふたりきりのときにそんなふうに言うと、紗弥は顔を赤くして照れた。化粧のうまい先輩に教わったから元の顔立ちを隠せるようになっただけで、あの先輩にかかればみんな美人になる、と言うのだ。紗弥の言葉にはたいてい頷く達郎だが、このときばかりはそれは違うよと内心で反論した。紗弥は、おれの恋人は、やはり生まれついての美人なのだ。そう、誰に対しても言いたかった。

紗弥の変化に恐れを抱かなかったのは、達郎が若かったせいではあるが、それまでの付き合いが長かったからでもあった。交際期間が五年にもなれば、信頼関係も強固になる。特に達郎と紗弥は性格が似ているだけではなく趣味も共通しているので、互いの考えることは手に取るようにわかった。いや、わかっているつもりだった。昨日まであったものが、明日も変わらずあると決めつけていた思い込み。社会に出て女性が何を感じるのか、達郎は想像してみたこともなかった。身近にいるのが達郎と同じ立場の保育士たちばかりだというのも、想像力を奪う原因のひとつだった。達郎の世界は小さい保育園の中で完結し、他の社会をまるで知らなかったのだ。決定的な変化が起きて初めて、そのことに気づいた。それが遅すぎたことを悔いても、もうどうにもならなかった。

まずは、保育園に来なくなった。達郎に急な残業が入ると、『じゃあ、また今度』と断るようになったのだ。達郎はそれを、他の保育士に冷やかされるのがいやだからだと解釈した。実際は冷やかされたのは最初だけで、以後は単に客として接してくれていたのだが。

それから、週末の誘いもたまに断られた。理由は様々で、体調が悪いとか、会社の友達と約束があると言われれば、納得せざるを得なかった。振り返れば、この頃から紗弥の気持ちの変化には気づいていたはずだが、あえて目を逸らしていたのだった。紗弥が自分から離れていくことなどあるわけがないと、頭から決めてかかっていた。

会っているときにも、言動が少し変わった。将来について言及することが増えた。それは結婚を具体的に考え始めたからだと、達郎は受け止めた。むろん、達郎も将来については考えたい。だが現状の給料では、来年や再来年にというのは無理だった。残念なことに、保育士の給料は仕事内容に見合わず少ないのだった。

『ある程度、貯金をしてからだよね。二百万くらいかな』

あるとき、喫茶店で休んでいるときに紗弥は言った。顔は伏せられ、飲み物のグラスに挿《さ》さっているストローをいじっている。言いにくいことを口にするとき、紗弥は必ず何かをいじる。相手の顔を直視できない気持ちは、達郎もよくわかる。

目標額が二百万円なら、貯まるまでの時間が必要だった。今でもかなり切り詰めているつもりだが、それでも月に二、三万円くらいしか残らない。このペースなら、精一杯貯金しても一年で三十六万円になるだけだ。ボーナスを貯めても、二百万円に達するには五年近くかかることになる。だから結婚する時期は、だいたいその頃かと考えた。

『二百万円だとすると、二十代後半になった頃かな。ちょうどいいよね』

紗弥の言う二百万円が、ふたりで貯めた額か、あるいは達郎ひとりの負担分か判然としなかったが、自分の目標額と考えることにした。いくら給料が安いといっても、紗弥の懐を当てにする気はなかった。

『二十代後半か』

紗弥はぽつりとこぼすように繰り返した。それを聞いて、もっと早く結婚したいのだと紗弥の内心を察した。とはいえ、現実問題としてそれは不可能だ。ひと昔前ならともかく、今は二十代後半での結婚は決して遅くない。むしろ適齢期ではないか。焦ることはないと、紗弥に言ってやりたかった。

言わなかったことを、達郎は後悔した。

言っておけば、後の運命は違っていたのだろうか。未練がましく、何度か考えたことがある。しかし、言ったところで何も変わらなかっただろう。紗弥は結婚の時期が不満だったのではないのだから。紗弥は真面目で堅実な性格だけあって、将来に不安を抱えたまま結婚するのがいやだったのだ。

紗弥は大学卒業後、大人相手の教育講座を開く会社に就職していた。公認会計士や税理士などの資格を取るための講座だ。大手ではないので、給料は安い。だが比べれば、達郎よりは多いだろう。紗弥は紗弥で貯金をしてくれれば、それだけ結婚の日も近くなると達郎は考えていた。

『達ちゃんの夢はなんなの？』

そんなことも、紗弥はある日尋ねた。夢、と問われて達郎は戸惑った。夢は保育士になることだった。だからそれはもう叶《かな》っている。さらにその先の夢は、思い描いたこともなかった。

『保育士にはなれたから、そうだなぁ、後は自分の子供を持つことかな』

本当にそれくらいしかなかった。子供だけでなく、家庭が欲しかったのだが。

『保育士さんじゃあ、出世とかも関係ないもんね。保育士さんの目標って、園長先生になることじゃないんでしょ』

『そうだねぇ。中にはそういう人もいるかもしれないけど、ともかく毎日子供と接しているのが楽しいから、現場から離れたいって気持ちはないね。園長先生になるのは、年を取ってからでいいよ』

包み隠さぬ本音だった。競争社会にはついていけない。給料が安いことを除けば今は理想の生活だから、変化は望んでいなかった。

『じゃあ、紗弥の夢は？』

結婚して幸せな家庭を築くこと、だと思っていた。それ以外に、紗弥が持つ夢など想像すらできなかった。しかし紗弥は、思いがけないことを口にした。

『夢を持てるようになること、かな』

意味がわからなかった。夢を持てるようになることが夢？　つまり今は、夢を持つことすらできないでいるという意味か。達郎との結婚が夢でいいではないか。

『え、何それ？　紗弥は夢が持てないの？　別にそれならそれでいいじゃん』

『そうかな』

紗弥は小首を傾げる。そうだよ、と達郎は強く言った。

『夢を持つことって、そんなに大事かな。夢なんか、なくてもいいでしょ。今が幸せなら』

『そうかな。夢があると、楽しいと思うけど』

だから、結婚して子供を持つことを夢見れば楽しいではないか。達郎は内心で反駁《はんばく》したが、それを口に出す習慣はなかった。達郎は紗弥と言い争いをした経験がなかった。

紗弥が毎日、夢を見ている男たちに囲まれているという事実に、このときの達郎は気づけなかった。公認会計士や税理士を目指している男たちに、紗弥は日常的に接していたのだ。紗弥はやがて、野心を持つ男たちの眩しさを知った。上を目指す男の積極性と、現状に満足している達郎との差に、戸惑いを覚えたに違いない。両者を比較し、達郎を物足りなく感じたとしても、若い女性であれば当然のことであった。紗弥がもう、地味という言葉が似合う女性ではなくなっていたことを、達郎は忘れていた。

紗弥は受講生のひとりから誘われていたのだった。強引に誘われれば、いやとは言えなかったのだろう。紗弥は押しに弱いタイプではあるが、相手に魅力を覚えていたからこそ押し切られてしまったのだと、今になればわかる。紗弥が発していたいくつかの信号を、鈍感な達郎は受け取れなかった。気づいたときには、もう遅かった。
《ごめんなさい。他に好きな人ができたの》
別れの通告は、直接ではなくメールで届いた。達郎は最初、それが紗弥からのメールとは思えなかった。単なる迷惑メールだろうと考え、消去しようとすらした。心が現実逃避をして、差出人の名前から意識を遠ざけさせていた。
消去したがる指をかろうじて押しとどめ、三十分余りも携帯電話の画面を見つめ続けた。節電のために自動消灯したら、ボタンを押してまた画面を点けた。何度それを繰り返しても、文面の意味が理解できない。いや、こんなメールを送ってくる紗弥の真意がよくわからない。これは何かの暗号かとまで考えて、逆から読んでみたりもした。

わからないのは、直接会って言うのではなく、メールで別れを告げることだった。そこには葛藤が感じられなかった。実際にはさんざん悩んだのだろうが、メールではそれがまったく伝わらない。こんなメール一本でこれまでの付き合いを帳消しにできると考えている紗弥が、達郎にはショックだった。

実際に会って、話し合った。紗弥は終始俯《うつむ》いていて、ストローが入っていた袋をいじっていた。顔を上げて欲しいと思ったが、どうしても言えない。自分の押しの弱さが恨めしかった。

『私は将来が不安だったの。今のままなら、夢すら持てないから』

いつぞやと同じことを、このときの紗弥は口にした。紗弥の言う夢とはなんなのか。達郎はそれがどうしてもわからない。

『もしこのまま達ちゃんと付き合い続けても、この先どうなるか全部想像がつくのよ。達ちゃんは今の生活に満足してるんでしょ。でも、ふたりのお給料を合わせてもたかが知れてるじゃない。どういう生活レベルで、どういう苦労をするか、全部わかる。夢なんて、まるでない。死ぬまでずっとお金に苦労して、それで人生を終えるのよ。私はそれがいやなの』

衝撃的な言葉だった。他の女性ならばまだしも、紗弥の口からそんな台詞《せりふ》を聞かされるとは思いもしなかった。給料が安いから駄目なのか。でも、保育士になったことをあんなに喜んでくれたではないか。保育士は達郎の天職だと、全面的に認めてくれたではないか。あれは全部嘘だったのか。

いや、違う。嘘ではないのだ。達郎は保育士になるべきだと、紗弥は本気で考えていた。だが、達郎の未来と自分の未来を重ねていなかった。達郎の夢は紗弥の夢ではなかったのだ。紗弥はそこそこで終わりたくない野心を抱いた。それが別の男に植えつけられたものと達郎が知ったのは後のことだが、責めることはできなかった。貧乏はいやだと望む気持ちは、決して非難されるようなことではない。人として当たり前であった。だから達郎は、絶句するしかなかった。

『ごめんなさい』

俯いたまま、テーブルの上に紗弥は涙を落とした。その涙が、わずかな救いだと達郎は思った。

3

紗弥が死んだ。テロの被害者としてだった。地味な紗弥にはとうてい似合わない、劇的な最期。いや、紗弥はもはや地味な女ではなくなっていたのだ。なかなか修正できない、過去の記憶。それは、紗弥と自分の運命がもう交差しないという事実を認められずにいるからだった。

紗弥と別れて、ほぼ一年になる。紗弥はこの間、幸せだったのだろうか。野心を抱く男と付き合い、夢を持つことができたのだろうか。

おそらく、明るい未来を思い描いていたのだろう。公認会計士か税理士の妻になっている自分。安月給の保育士の妻になるより、ずっといい。僻《ひが》みでも自己卑下でもなく、本気でそう思う。

しかし、その夢は断ち切られた。それも、誰ひとり予想しない形で断ち切られた。もう紗弥の夢が叶うことはない。紗弥が思い描いた夢は、決して実現しないのだ。そう考えると、体のあちこちが欠け落ちていくような、ぞっとする悲しみに襲われた。かつて経験したこともない、激烈な痛みを伴う喪失感。悲しくて、悔しくて、涙が止まらなかった。声を上げ、背を丸めて蹲《うずくま》り、畳を掻きむしった。いくら泣いても涙は溢れ、喉が嗄《しわが》れてもなお呻き声が漏れた。こんな辛《つら》い悲しみは、今後何十年生きても決して味わうことはないだろうと思った。

紗弥が死んだという現実を受け入れるまでに、どれくらいかかっただろう。気づいてみれば、壁に寄りかかり呆然としていた。充電が切れたのか、スマートフォンの画面は暗くなっている。取り上げて電源ボタンを押しても、点灯しない。だからテロの続報を知ることはできなかった。

充電コードを繋げば、ワンセグが見られるしネットニュースもチェックできる。だが、そうする気力が湧かなかった。達郎が知りたいのは、事件の続報ではないのだ。紗弥は幸せだったのか、どうか。幸せであったと思いたいが、まったく連絡をとり合っていなかったから何もわからない。もし万が一にも幸せでなかったなら、なんのために達郎と別れたのか。

達郎はこの一年、ぼんやりと過ごした気がする。仕事は変わらず充実していたが、保育園から一歩外に出ると抜け殻になる。コンビニで食事を買い、つましく暮らす毎日。わずかな贅沢は、唐揚げ弁当でしかない。貯金をするために切り詰めているのだが、金を貯めてどうするのかと自問してみても答えはない。紗弥以外の人と結婚している自分を思い描けないからには、結婚資金であるはずもない。無目的に切り詰めている生活は、取り返しのつかないものを追い求めているからだと思えて、いっそう空しかった。

それでも達郎がそんな生活をよしとしていたのは、紗弥のためだった。紗弥は自分と別れた方がよかった。そう考えるからこそ、味気ない生活にも耐えられた。紗弥がどうしているか、知りたい気持ちはあった。しかし幸せな紗弥を見て自分を肯定するのは、あまりに自己欺《ぎ》瞞《まん》が過ぎると思った。そんなことをすればこの先一生、紗弥の面影だけを胸に抱いて寂しく生きていくことになる予感がした。

今こそ確かめたかった。紗弥が死んでしまった今だからこそ、この一年の暮らしぶりが知りたかった。紗弥はどんな男と付き合っていたのか。その男と結婚する予定だったのか。紗弥は男のどこに惹《ひ》かれたのか。男と達郎は、どれくらい違っているのか。

知りたくて知りたくてたまらない。その欲求は急速に膨らみ、紗弥の死を悼《いた》む気持ちを押しのけてしまいそうなほどだった。おそらくそれは、精神のバランスを保つための防衛意識がさせたことなのだろうが、達郎は縋《すが》るしかなかった。別の欲求で心を満たさなければ、この耐えがたい悲しみに押し潰されてしまいそうだった。

とはいえ、すぐには行動を開始しなかった。いくら悲しみで頭がおかしくなりそうでも、身に染みついた常識はある。紗弥の突然の死に動揺しているのは、自分だけではない。人々の気持ちが落ち着くまで、じっとこらえるつもりだった。

紗弥の通夜は、二日後に執り行われることになった。高校三年時の連絡網を使って、その予定は伝わってきた。喪服を持っていない達郎は、通夜の前に実家に寄って、父のものを借りることにした。実家までは電車で二時間ほどかかる。通夜に間に合わせるためには仕事を早退しなければならなかったが、園長が理解を示してくれた。ただでさえ人手不足なのに早退してしまうことは心苦しかったものの、紗弥のことを知っている同僚たちはいやな顔ひとつせずに送り出してくれた。

通夜に紗弥の恋人が来ることを、達郎は期待していた。できるなら、顔を拝みたい。いかにもエリート然とした人であるなら、それだけで何か諦めがつく気がした。しかし実際には、見分けるのは難しいと思っていた。恋人の顔を知る人は、達郎の知人の中にはいないだろうからだ。

葬祭場には、思いがけず多数の人が集まっていた。若い人の不慮の死は、それだけで弔問客を集めるのだろう。同時に、紗弥には紗弥の世界があったのだと、見知らぬ人の多さに知らされた心地がした。達郎が知っている紗弥は、紗弥のごく一部でしかなかったのだ。

寒空の下、弔問客の列は葬祭場の外まで延びていた。達郎はその列の横を通り、最後尾を目指さなければならなかった。列の中に、何人かの知人を見つけた。皆、高校の同級生だ。挨拶をして、焼香後に少し話をしようと約束した。

こう人が多くては、恋人を見つけるのは不可能だと諦めるしかなかった。年格好から見当がつかないかと考えていたが、意外に若い男性も多い。もしかしたら、教育講座に通っていた受講生たちも多数来ているのかもしれない。だとしたら、その中の誰が恋人だったのかなど、見た目だけで判別できるわけもなかった。

かれこれ一時間ほど並んで、ようやく焼香の番が来た。達郎も面識のある紗弥の両親がいたが、機械的に頭を下げているのか、こちらに気づいた様子はない。気づかれても気まずいので、これでよかった。

達郎は焼香台の前に進み出て、高いところにある遺影を見上げた。

達郎の知っている紗弥だった。今でも鮮明に思い出せる紗弥の笑顔を、写真は切り取っていた。それを見たら、またしても紗弥の死が受け入れがたくなった。こんなに若いのに、なぜ死ななければならなかったのか。テロリストは皆、社会への不満からテロに走るらしい。ならば狙うのは、社会を動かしている者たちだけにして欲しい。政治とも企業経営とも無縁のごく平凡なＯＬが、なぜテロの犠牲にならなければいけないのか。怒りが込み上げてきそうだったが、しかしそれをぶつけるべきテロの実行犯はすでに死んでいる。代わりに、一度は押し殺した激烈な悲しみが押し寄せてきそうで、慌てて遺影から目を逸らした。そそくさと焼香を終え、両親に低頭してその場を去る。それでも、奥歯を噛み締めなければ嗚咽《おえつ》が漏れてしまいそうだった。

葬祭場の出口付近に、高校の同級生たちが集まっていた。目顔で頷き、そこに合流する。ひとりが、言葉を選ぶように話しかけてきた。

「なんか、とんでもないことになったな」

「ああ」

この言い方からすると、達郎がすでに紗弥と別れていたことは知っているらしい。ならば、今ここにいる者たちはその情報を共有していると考えていいだろう。達郎の口から言わなくて済むのは、気が楽だった。

「なんで、よりによって香月なのか……」

元同級生は、憤りを込めて舌打ちする。その言葉に、女性のひとりが同意した。稲垣琴美《いながきことみ》という、はきはきした口調が当時から印象的な人だった。

「ホントに、紗弥は何も悪いことなんかしてないのにね。事故ならまだしも、テロの犠牲なんてぜんぜん納得できない」

それは、その場にいた者全員に共通した思いだった。各自が沈痛な面もちで頷く。理不尽なことが罷《まか》り通るのが世の中とはいえ、知人の死を目の当たりにしてはとてもそんな達観はできなかった。

「紗弥は仕事のお使いで、たまたま事件現場にいただけなんだって。ふだんよく行く場所じゃないんだってよ。運が悪すぎる。ほんの一、二分、時間がずれてれば、テロに巻き込まれることもなかったのに」

事件現場に紗弥がいた理由は、達郎も知らなかった。どうやら稲垣琴美は、達郎よりも情報を持っているらしい。

「それ、どうして知ってるの？」

興味が先に立って、つい尋ねた。知らなかったのか、とばかりに琴美はこちらに顔を向ける。

「資格学校の人がたくさん来てるでしょ。立ち話しているのが、耳に入ってきたの」

そういえば琴美は、昔から事情通だった。聞き耳を立てていたわけではないだろうが、聞こえてきた情報にはしっかり耳を澄ましていたようだ。ただ呆然としていた達郎とは大違いだ。

「意外と学校の人が多くてびっくりしたよ。もしかして、受講生もたくさん来てるのかな」

他に尋ねる相手もいないので、琴美に訊いてみた。琴美はあっさりと頷く。

「そうみたい。若い男の人は、ほとんど受講生なんじゃないかな」

ではやはり、恋人も弔問客の中にいたのだろう。今でもまだ、列の中にいるのかもしれない。そう考えて列の方に目を向けたが、若い男は皆、自分よりレベルが高い生活を送っていそうに思えた。小さい苛《いら》立《だ》ちが、胸の底に生まれる。それはいがぐりのように、心の襞《ひだ》をちくちくと刺激した。

4

「——社会への不満？　それがなんですか。不満なんて、誰だって持ってますよ。完全に自分の人生に満足して生きている人が、世の中に何人いるんですか？　私だって不満はあります。でも、みんながちょっとずつ我慢しているから社会が成立しているんでしょ。我慢をせず、不満を暴力で訴えるなんて、どんな事情があるか知りませんが、それは間違いなく〝悪〟ですよ。悪いものは悪い。駄目なものは駄目。そんな基本的なルールを知らずに育っている人が、最近は増えてるんでしょうか。ならば私は、声を大にして言います。悪いものは悪い。テロは絶対に許してはいけません」

スマートフォンの画面には、唾を飛ばさんばかりの激しい口振りで演説をぶっている人が映っていた。日本の現総理大臣。歯切れのいい物言いが受けて国民の支持を得、党内の主流派ではなかったのに首相の座に上り詰めた。就任二年目となる今年は、前にも増してその舌鋒は鋭くなり、人気はますます高まっている。曖昧《あいまい》さや玉虫色的な表現とは無縁の言動は、確かにこれまでの政治家とは一線を画していた。

しかし達郎は、あまり好きになれなかった。白黒はっきりつけたがる傾向に、漠然とした抵抗を覚えていたのだ。世の中の事象すべてに、右か左のどちらかひとつの結論を出す必要があるのだろうか。どちらも選べず中間の道を行くとか、ひとまず保留といった選択肢があってもいいのではないか。少なくとも達郎には、答えを出せないことが山ほどある。迷い、悩み、それでも結論を出せなかったことが数々あった。

それを総理大臣は、駄目な態度だと断ずる。なあなあ事なかれ主義、阿吽《あうん》の呼吸で落としどころを見つける馴れ合いこそが日本を駄目にしたのだと、はっきり言い切った。自信たっぷりに断言されると、なるほどそうかもしれないとも思えてくる。政治家や官僚たちの曖昧な態度や無責任ぶりに憤ったことは、誰でも経験があるだろう。それらを〝悪〟と決めつけてくれる首相に、人々は喝采を送ったのだった。

今も総理大臣は、テロは悪だと激しく指弾している。まったくそのとおりだ。これまでは共感できなかった総理大臣の言葉に、達郎は初めて同意した。それどころか、もっと強い姿勢でテロの根絶を図って欲しいと思った。

《小口テロ》に及ぶテロリストたちは、特定の過激派や思想団体に属しているわけではない。むしろ彼らは、誰とも繋がりがなく孤立している存在であることが多かった。社会から弾き出された不満を、凶行という形で吐き出す。やっていることは通り魔的無差別殺人と変わらないが、一点だけ違うのは、彼らが自らを《レジスタント》と称していることだった。

誰も幸せになれない社会への抵抗が《小口テロ》なのだと、レジスタントたちは言う。受け入れてくれないなら、壊してしまえ。極論すれば、彼らの主張はただそれだけだった。オールオアナッシング。二者択一の思考法が、ここにもある。日本を代表する人と、日本社会から弾き出された者たちの主張が奇妙に似ているのは、どんな皮肉か。

しかしその類似を気にする人は、ひとりもいない。

悪いものは悪い。総理大臣はそう繰り返している。まったくそのとおりだ。もう一度、達郎は心の中で相槌を打った。

そろそろ出かける時刻だった。達郎はワンセグを切り、スマートフォンをポケットに入れる。スマートフォンがあるから固定電話は置いてないし、パソコンも必要なくなったので、かなり経済面で節約できている。その代わりスマートフォンへの依存度は高く、達郎の生活のすべてがこの小さな筐体《きようたい》に収まっていると言っても過言ではなかった。片手で持てるほどの、小さな生活。せいぜい百グラム強のスマートフォンの重みが、達郎の人生の重みであった。

これから会う相手は、稲垣琴美だった。通夜の席でメールアドレスを交換し、今日の約束を取りつけた。むろん、デートの誘いではない。情報通の琴美なら、紗弥の恋人について何か知っていないだろうかと考えたのだ。知らなかったとしても、達郎よりも情報が集まってきそうな気がする。何かわかったら教えて欲しいと頼むつもりだった。

待ち合わせたコーヒーショップに、琴美は先に来ていた。待たせた詫びを言いながら、向かいの席に荷物を置く。「ぜんぜん」と応じる琴美に断ってコーヒーを買うためにレジに行き、戻ってきて改めて向き合った。

「呼び出しちゃってごめんね」

「別にかまわないよ。この前はあんな感じだったから自分たちの話なんかできなかったけど、樋口くん、保育士さんになったんだってね。ぴったり」

そんなふうに、ひとしきり互いの近況を語り合った。琴美はＯＬだという。

「いきなり呼び出したのは、もちろん紗弥の話がしたいからなんだけど、ぼくと紗弥が別れたのは知ってるよね」

まず最初に確認をした。琴美は気まずそうに頷く。持って回った言い方をしても仕方ないので、直截《ちょくせつ》に尋ねた。

「紗弥とは一年前に別れたんだ。紗弥に他に好きな人ができたんでね。そのときは諦めがついたんだけど、紗弥がこんなふうに死んでしまうと、この一年間はどう過ごしていたのかどうしても気になってきたんだ。ぼくじゃない人と付き合って、幸せだったのかどうか、ってね。未練がましいと、自分でも思うけど」

自嘲気味につけ加えないことには、単なるストーカーのように思われないかと心配だった。しかし、それは杞憂《きゆう》だった。琴美は「わかるよ」と言ってくれたのだ。

「樋口くんの気持ちはわかる。絶対気になるよね。自分が同じ立場だったら、知りたいもん。ただ……、樋口くんは知らない方がいいと思う」

最後は声のトーンが落ちていた。逆に達郎は、語気を強めた。

「えっ？　ということは、何か知ってるの？　知ってるなら教えて」

「樋口くんは、紗弥が不幸だった方が嬉しいの？　それとも幸せであって欲しいの？」

琴美はそんなことを訊いてくる。紗弥が不幸だった方が嬉しい、などという発想はなかったので、尋ねられて驚いた。

「もちろん、幸せであって欲しいんだよ。どうなの？　紗弥はいい人と付き合ってたの？」

思わず身を乗り出した。琴美は困惑げに眉を寄せる。

「そうだよね。樋口くんならそう考えるよね。だったら、聞かない方がいいよ」

「紗弥は……、幸せじゃなかったのか」

言い渋るということは、そういう意味なのだろう。話の成り行きから予想はしていても、やはり鈍い衝撃を受ける。相手の男はいったいどんな奴だったのか、知りたい思いがますます強まった。

「教えて欲しい。紗弥は悪い男と付き合ってたのか」

ごまかさないで欲しいという気持ちを込め、琴美の目を直視した。

琴美は仕方ないとばかりに、肩を落とす。

「ホントに紗弥は馬鹿よね。樋口くんみたいなタイプが、紗弥には一番合ってたのに。紗弥は樋口くんとはぜんぜん違うタイプの人と付き合っちゃったんだよ」

琴美の説明によれば、男と歩いている紗弥と街で偶然会ったのだという。そのときは挨拶をしただけで別れたが、すぐに紗弥からメールが来た。会えないかと言うので後日改めて待ち合わせると、男についての悩みを打ち明けられたのだそうだ。

「紗弥の彼氏は公認会計士を目指しているらしくて、見るからに頭がよさそうだった。銀縁眼鏡をかけてて、髪もきっちり整えてて、エリートサラリーマンって感じだったのよ。樋口くんと別れたのは風の噂で聞いてたから、すぐに新しい彼氏だなとわかった。こういう人と付き合うのかと、ちょっと意外だった」

あんまり優しそうに見えなかったから、と琴美はつけ加えた。眼鏡の奥の目は、冷たげだったという。だから男に関する悩みを聞かされても、意外には思わなかったそうだ。

「彼氏は頭がいいからすごく自分に自信を持ってて、なんでも『おれの言うとおりにしろ』と考える人なんだって。紗弥より自分の方が頭がいいんだから判断は任せろ、ということみたい。紗弥はおとなしい人でしょ。男の言うがままになりそうなタイプだと思われて、それで彼氏は紗弥に興味を持ったのよ。彼氏の見方は正解だったわけだけど」

紗弥は教育講座で、受付をやっていた。当然、大勢の受講生たちと接することになる。そもそも彼氏ともそうして知り合ったわけだが、付き合い始めた後は紗弥の受付業務が気に入らなかったようだ。自分以外の男と親しげに話すな、と言い始めたのだった。

「独占欲が強かったのね。ちょっとのことで焼き餅を焼くんだって。個人的な話をするなと言うだけじゃなく、笑いかけるなとまで言われたらしいわよ。受付嬢なんだから、笑顔は大事よね。仕事で笑っていることも多いのに、それも駄目だと怒るんだって」

口で命じるだけでなく、彼氏は監視もしていたのだった。休み時間には必ず紗弥を見張っていて、一度でも笑うと後で怒った。やがて受講生相手のときだけでなく、既婚者の講師や女性の同僚と話す際まで、笑うことを禁じられた。紗弥は自分といるときだけ楽しそうにしていればいい、というのが彼氏の理屈だった。

「そんなふうにものすごく束縛する男、いるのよねぇ。あたしは絶対にいやだけど、紗弥はそういう男に目をつけられるタイプなのよ。実際、抵抗しないで言われたとおりにしちゃうんだから。樋口くんならそんな、女の意思を無視するような付き合い方はしないのにね。別れちゃった紗弥は、本当に馬鹿だと思う」

慨嘆気味に琴美は言うが、達郎には何もかも衝撃的で、相槌も打てなかった。想像よりも遥かに、紗弥が置かれていた状況はひどい。なぜそんな男の言いなりになっていたのか、まったく理解できなかった。

「紗弥は、別れたがってたの？　別れるにはどうしたらいいかって、稲垣に相談したの？」

　別れる以外の選択肢があるとは、とうてい思えなかった。そんな男とは、付き合い続ける意味がない。さっさと別れていれば、もしかしたら運命も変わっていたかもしれないではないか。別れても達郎のところに戻ってこなくていい。優しい男と付き合っていれば、達郎は満足だった。

「それがね、別れる気はなかったみたい」

「なんで！」

　あまりに意外で、思わず声を荒らげてしまった。声の大きさに、自分で驚く。慌てて首を竦《すく》め、「ごめん」と謝った。

「つい……」

「いいけど。怒る気持ちはわかるから。あたしだって、聞いてて腹立ったもん。なんで別れないの？　って」

琴美は口をへの字にした。紗弥の弱腰をもどかしく思ったようだ。

琴美は首を傾げて続けた。

「どうして別れようとしないのかは、わからなかった。樋口くん相手にこんなことを言うのは気が引けるけど、やっぱり好きだったのかもしれない。あたしにはわからない感覚だけど。紗弥が相談したのは、どうしたら彼氏の束縛を緩めることができるか、ってことだった」

どうしたら、と訊かれても、琴美に妙案はなかった。ともかく話し合うしかないのではないか、と月並みなことしか言えなかったという。もちろん、別れろと強く勧めたそうだ。

「あたしも彼氏と話をしたことがあるわけじゃないから、本当のところはよくわからないじゃない。別れないという紗弥の気持ちも理解できないし。話し合って納得してくれる相手ならいいけど、どうだったんだか——」

「その後、報告はなかったの？」

「うん、その話を聞いたの、ついこの前なのよ。だからその後どうなったのか聞く機会はなかったし、そもそも彼氏と話し合ったのかどうかもわからないの」

「そうだったのか……」

樋口くんは知らない方がいい、と琴美は最初に言った。確かにそのとおりだったと、達郎は後悔する。自分の心が、濃い闇の色をした泥に搦《から》め捕られていくようだった。

5

知りたくなかった、とは思った。だが知ってしまったからには、さらに知りたくなった。ともかく一度、男の顔を見てみたい。冷たげだったと琴美が語る男の顔を、自分の目で確かめてみたかった。

男のことは、名前すらわからない。資格学校に訪ねていったところで、教えてくれるわけもない。ならばまた、琴美に頼るしかなかった。渋るのを拝み倒して、協力を取りつけた。

紗弥が勤めていた学校が入っているビルの斜め前に立ち、人の出入りを見張った。男は勤め人だそうだから、講座に来られる時間は限られる。平日の午後六時以降だろうと見当をつけ、琴美に付き合ってもらった。今日が空振りでも、曜日を変えて何度でもこの場に立つつもりだった。

「ねえ、相手の顔を見てどうする気？　紗弥を大事にしなかったな、なんて文句を言うわけでもないでしょ」

一応付き合ってはくれたが、琴美は気が乗らなそうだった。確かに、顔を見ることに意味があるとは思えない。自分でも、馬鹿なことをしている自覚はある。だが、こうでもしないことには収まらない、猛々しい感情が心に芽生えてしまったのだ。暴力沙汰とはまったく無縁に、他人との摩擦を極力避けるように生きてきた達郎の胸に、得体の知れない獣が生まれた。力ずくで抑え込もうとすれば、こちらの手に嚙みついてくる獰猛《どうもう》さ。抑制ができない負の感情に達郎は戸惑っていたが、同時に妙な解放感も覚えていた。怒っていいのか、人を憎んでいいのかと改めて知った解放感。男を憎んでいるうちは、紗弥が死んだ悲しみを紛らわせていられそうな気がした。

「ただ、見てみたいだけなんだよ。無理言ってごめん」

達郎が謝ると、琴美は苦笑い気味の表情で引き下がった。すぐに謝る達郎を、琴美はずるいと考えているかもしれない。謝罪は、相手の反論を封じる。

「あ、あれだ」

琴美が達郎の肩越しに背後を見ていた。慌てて振り返ると、駅の方からこちらに向かって歩いてくる男が数人いる。その中のひとりに、達郎は目を奪われた。男の顔は、いかにも酷薄そうに見えたからだ。

「どの人?」

男から目を逸らさずに、琴美に確認した。琴美は達郎に一歩近づいて、囁くように言った。

「二番目に歩いてる、ダークグレーのコートに黒い鞄の人」

やはり、達郎が目をつけた男だ。ひと目見たときから、この男に間違いないと確信していた。男を見分けた目を、達郎は誇らしく感じた。紗弥をぞんざいに扱った奴なら、見ただけでわかると思っていた。

男は自分に向けられる視線にも気づかず、気ぜわしげな足取りでビルに入っていった。今から二、三時間は出てこないだろう。男の顔は、はっきりと記憶に刻んだ。もうこれ以上、琴美に付き合ってもらう必要はなかった。

「ありがとう。わかったよ。ぼくはもう少しここにいるから、今日はこれでいいよ。また改めてお礼する」

引き取ってくれてかまわないと言ったつもりだったが、琴美は帰ろうとしなかった。まだ何か言いたげにビルの入り口と達郎を交互に見ると、「ねえ」と続けた。

「このままここで、あの男が出てくるのを待つつもり？　授業に来たんなら、当分出てこないよ。その間、ちょっとお茶でも飲まない？」

「えっ？　ああ、いいけど」

琴美に誘われるとは意外だったが、単なる暇潰しとも思えなかった。まだ話したいことがあるのではと睨《にら》んだら、案の定そうだった。

「男の顔が見てみたいだけだって言ってたよね。見てみてどうだった？」

近くにあったファミリーレストランに入り、お茶だけでなくどうせならと食事を摂《と》ることにした。注文を終えると、琴美は何かを考える表情で尋ねてきた。達郎は感じたままを口にした。

「確かに冷たそうな人だよね。紗弥がなんであんな男と付き合ったのか、理解できない」

振られた自分が言えば単なる負け惜しみのようだが、偽らざる気持ちだった。紗弥は達郎に幻滅したから、まったく違うタイプと付き合うことにしたのだろうか。そう考えると、胸が圧搾されたかのように苦しくなる。

「そうなのよね。もう一度見てみて、なんかますます印象が悪くなった。あたしなら絶対に付き合わない。紗弥はホントに趣味が悪いよ……。あ、樋口くんはよかったんだよ。あの男のことだからね」

慌てて琴美はつけ加えるが、言われなくてもそれはわかる。苦笑していると、琴美はなにやら不穏なことを言い出した。

「あのね、言おうかどうしようかずっと迷ってたんだ。というか、言わないことにしてたんだよ。聞いても不愉快なだけだから。あたしがあの男に悪い印象を抱いてるのは、ただ見かけだけで判断してるわけじゃないんだ」

あの話にはまだ続きがあったのか。ならば聞きたい。変に気を使って、隠さないで欲しい。紗弥に関することであれば、なんでも知りたかった。

「あの男はね、暴力を振るうんだって。紗弥は何度も殴られたらしいよ。他の男に笑いかけたとか、講師と親しげに話してたとか、そんな理由で」

琴美は声を潜めて言った。大きい声を出せば、男の耳に届いてしまうと恐れているかのようだった。

達郎は何も感じていなかった。いや、何も感じていないと錯覚していた。実際にはあまりに強い衝撃に心が麻痺し、感情が揮発《きはつ》していたのだった。まさかそんなことが、まさかそんなことが、まさかそんなことが。同じ言葉ばかりが、何度も頭の中で繰り返される。琴美は難しい単語などひとつも使っていないのに、全体の意味がまるで理解できなかった。

「暴力……？　殴る……？」

女性を殴る人がこの世にいることは知っていたが、それは遠い世界の話で、ほとんどフィクションと同じ程度のリアリティーしかなかった。にもかかわらず知人が、しかもかつて世界で一番大事だと思っていた人が、暴力に曝されていた。これまでの常識を根底から揺るがされたようで、達郎は眩暈《めまい》すら覚えた。

「うん。言う気はなかったんだ。でもあいつの顔を見たら、なんかすごくムカムカしてきちゃって。これが他の人だったら、あの男に殴りかかる心配もあるけど、樋口くんなら大丈夫だから聞いてもらっちゃった。ごめんね。あたし、どうしても許せなくて」

どうしても許せなくて。琴美の言葉がこだまする。まったくそのとおりだ。世の中には許せることと許せないことがある。紗弥への暴力など、絶対にあってはならない最悪の行為ではないか。許せない、許せない、許せない。そんなシンプルな思いが、達郎の裡《うち》で駆け巡る。

その後どんな会話を交わしたか、あまり記憶になかった。ただ琴美とふたりで、紗弥を憐れんでいたように思う。学校を終えて出てくる男を待ち伏せする気も失せ、ぼんやりとしたまま帰宅し、いつもの習慣でスマートフォンのワンセグを点けた。ニュース番組にチャンネルを合わせると、また総理大臣がテロについてコメントしていた。

「暴力は最悪です。どんな事情があろうと、暴力に訴えた時点で〝悪〟です。テロは絶対に許してはいけません。社会全体で、テロと戦うのです」

暴力は悪だ。総理大臣の言葉が、脳裏に真っ直ぐ飛び込んでくる。絶対に許してはいけません。そうだ、絶対に許さない。達郎は画面を食い入るように見て、何度も何度も頷いた。

6

今度はひとりでビルを見張り続け、出てきた男の後を尾《つ》けた。男は自分が尾行される事態など毛ほども想像していないらしく、まるで背後を気にしない。だから素人の達郎でも、あっさりと男の住居を特定できた。

男が住んでいるのは、意外にも達郎の住まいとグレードがあまり変わらない木造アパートだった。二階建てで、それぞれの階に開放廊下がある。窓と窓の間隔からして、広くてもせいぜい1DKか。達郎より収入が多い仕事に就《つ》いているものと思っていたので、本当にここが住居なのかと最初は疑った。だが考えてみれば、男はまだ公認会計士の卵なのである。苦学生と変わらない生活をしていても、特に不思議ではなかった。

男は一階にある集合ポストを覗いてから、自分の部屋に入っていった。しばらく見張って男が出てこないことを確認して、ポストに近づく。ありがたいことに、名前が書いてあった。《勝村《かつむら》》。憎む相手の名をようやく知ることができて、達郎は満足だった。

達郎と勝村は今、ドア一枚を隔てただけの距離にいる。このドアがなければ、自分はどうしていただろう。勝村とふたりきりになって、平静を保っていられる自信はなかった。そもそもここに来るまで、勝村の背中に体当たりしたい衝動を何度も覚えた。だが周囲には他に人がいて、それを実行に移すことはできなかった。今、勝村は部屋の中にひとりでいる。この部屋の中で、紗弥を殴ったこともあるのだろうか。許せない。目の前が赤くなるような、強烈な怒りが込み上げてくる。絶対に許してはいけないと、総理大臣が言う。わかっている、と心の中で頷いた。

その日以降、達郎は時間があれば勝村を尾行した。なんのために尾行しているのか、自分でもよくわからなかった。いや、煎《せん》じ詰めれば思いはひとつなのだ。心の底に生じた、猛々しい獣。これが憎悪というものかと、生涯初めて実感した。他人の存在が憎くてならない、激烈な感情。おぞましいが、甘美でもある。勝村を憎んでいる限り、紗弥がこの世にいない現実にも耐えられる。憎悪が今の自分を支えていると、達郎ははっきり自覚した。

勝村を背後から追うだけでなく、その顔を見る機会もたびたびあった。一度など、肩が触れ合うほど近くまで向こうがやってきた。勝村が帰宅途中にコンビニエンスストアに寄ったときである。外で待っているのも不自然なので、達郎も間をおいて中に入った。勝村は店舗の左奥の、飲み物の冷蔵ケースの前にいた。達郎は手近にあった雑誌の表紙を見ている振りをした。たくさん並んでいる表紙の文字を目で追っているようでいて、意識は勝村にだけ向いていた。だから飲み物を手にした勝村が近づいてきたことには気づいていたが、逃げるわけにもいかずにその場に立ち尽くしてしまった。

「失礼」

そのひと言とともに、手が伸びてきた。達郎の目の前にあるパソコン雑誌を、勝村はラックから引き抜く。その際に達郎は、勝村の横顔を近くから直視した。目尻が幾分吊り上がり、唇が薄い。顎《あご》は鋭角に尖《とが》っていて、鼻筋が通っている。見ようによってはいい男だが、やはり冷たげな印象を人に与える顔だ。女性に暴力を振るう男と知っていて見るからか、神経質そうに映る。

すぐに目を逸らしたつもりだったが、実際にはかなり凝視していたらしい。勝村はこちらの視線に気づき、睨み返してきた。気圧《けお》され、相手の視界から逃げるようにコンビニを出る。出た後で、自分の行動が情けなくなった。

なぜ睨み返さなかったのか。後悔が体を突き破りかねない勢いで込み上げる。勝村を憎んでいるのだろう。ならば睨み返すべきだった。いや、それだけでは足りない。睨み返すだけでは、満足などできないはずだ。憎悪とは、そんな軽い感情ではないはずだ。自分に正直になれ。もうひとりの自分が命令する。睨むだけでなく、殴りたかったのだろう。殴ってもよかったのだ。なぜなら、奴は紗弥に暴力を振るっていた男だからだ。他人に暴力を振るう男は、自分が暴力の被害を受けても文句が言えない。因果応報とはこのことだ。紗弥の痛みを、勝村自身が感じるべきだった。

尾行は断念して、家に帰った。何もない部屋に戻ると、勝村の視線に気圧された自分がますます許せなくなった。そんなことだから、紗弥は愛想を尽かしたのだ。人を睨み返せる強さを、達郎は身につけなければならない。達郎がもう少し強ければ、紗弥は離れていかなかった。達郎と付き合い続けていれば、紗弥の運命も変わっていた。紗弥はテロの被害者になどならず、今も生きていたかもしれないのだ。

強くなりたい。痛切に、そう望んだ。力があれば、金が稼げる。力があれば、恋人に逃げられずに済む。睨んできた相手を睨み返す強さ。他人に暴力を振るう男を、殴ってやる強さ。次に勝村が睨んできたら、絶対に殴ってやる。殴られる痛みを勝村に教えることが、紗弥への供養になると考えた。

憎悪は、半紙に垂らした墨汁の一滴のようだった。もう二度と心は白い状態に戻らず、黒い一点がじわじわと広がっていく。勝村への怒り。殴りたい衝動。さらにそれは、勝村のような男と付き合っていた紗弥への腹立ちへと発展する。どうしてあんな男と付き合っていたのか、紗弥の選択が改めてわからなくなる。

確かに達郎は、高給取りとは言えない。社会貢献度が高く、多くの人から必要とされている仕事なのに、なぜ給料が安いのか。その一方、勝村は公認会計士になれば、裕福な暮らしが待っている。女性に暴力を振るう男が、人々に必要とされている自分より高いステータスを得る矛盾。こんな社会は間違っていないか。考えるほどに、憤りは膨らんでいく。

悪い者は悪いと、総理大臣は断言した。その理屈で言うなら、間違った社会は間違っていることになる。真面目に生きる者が損をするような社会は、壊れてしまえばいい。どうすれば社会を壊せるのか。選挙に出て政治家になればいいのか。まったく非現実的だ。一介の保育士が、突然選挙に出ても当選するわけがない。では、デモか。デモなどしても、何も変わらないことを皆が知っている。力がない者は、力がある者に勝てないのだ。力がない者が抗《あらが》う手段は、ひとつしかない。そうか、だからテロなのか。達郎はようやく、《小口テロ》を起こす者たちの気持ちが理解できた。テロを批判する人は、弱者が見えていない人たちなのだ。

コンビニでの遭遇があってからは、買い物をしているとつい刃物に目がいくようになった。なんだ、この気持ちは。刃物で何がしたいのか。鋏、包丁、ナイフ。鋭利な物ばかりが、視界で大きくクローズアップされる。あれを手に取ればいいのか。刃物を持って、何をする気だ。

自問するまでもなかった。刃物を、勝村の背中に突き立てたいのだ。尾行しているときに、体当たりしたいと何度も思ったではないか。体当たりだけでいいのか。刃物があれば、それを勝村の背中に突き立てることができるではないか。紗弥は恋人に殴られ、束縛された挙げ句に、突然命を断ち切られた。憐れでならない。誰かが紗弥の敵《かたき》を取ってやらなければならないのではないか。それができるのは、達郎だけだ。よくも紗弥を、よくも紗弥を、よくも紗弥を。うわごとのように呟きながら、何度も勝村の背を刺す自分を思い描く。まるで実際に体験したことのようにありありと想像でき、現実と妄想の境が曖昧になる。近くのスーパーマーケットに買い物に行った際に、包丁を手に取っては戻すという動きを繰り返した。そのままレジに持っていけと、もうひとりの自分が言う。これを買いさえすれば、紗弥の復讐を成し遂げられる。きっかけが欲しかった。刃物を買うきっかけ。それさえあれば、もうためらわないだろう。あとほんの一歩で、妄想を現実にできる予感があった。

ある日、保育園の園庭で子供たちを遊ばせているときだった。「なんだよ！」という声が砂場の方角から聞こえ、続いて泣き声が響き渡った。どちらも男の子の声である。どうやら喧嘩が起きたようだった。

すぐに駆け寄り、当事者が誰かを確認した。なんだよ、と声を張り上げたのは、五歳児の中でも体が大きく、その割に言葉が遅い子だった。うまく自分の気持ちを言い表せないもどかしさからか、すぐに手が出る問題児でもある。この子の父親がまた乱暴な考えの持ち主で、やられたらやり返せと子供に吹き込んでいるらしい。この手の親が、達郎は一番苦手だった。

泣いているのも、どちらかといえば気が強い子だった。だが怒鳴った子ほど体は大きくなく、他の子と争っては負けてすぐに泣く傾向があった。当然このふたりの相性は悪く、ふだんはあまり一緒に遊ばない。それなのに今日は、何を思ったかふたりともに砂場にいたようだ。離れて遊んでいればいいじゃないかと内心で思ったが、子供相手に言えることではない。

「どうしたの？　何があったの？」

大柄な子と、一緒に遊んでいた他の子たちに向けて尋ねた。大柄な子が、口を尖らせて言う。

「こいつが悪いんだよ。死ねって言うんだもん」

「えっ、死ね？」

最近の子供は、過激な言葉でも平気で口にする。おそらく、親が日常的に言っているのだろう。親からそんな言葉を聞かされて育った子が将来どうなるかと考えるが、きっと自分の子にも汚い言葉を教えることになるのだ。喧嘩をする子供たちを見ていると、社会がぎすぎすしていく過程をつぶさに感じ取れて、暗澹《あんたん》とした気持ちになる。

「なんでそんなことを言ったの？」

泣いている子に訊いたが、しゃくり上げるだけで言葉にならない。仕方なく他の子に視線を向け、「知ってる？」と尋ねると、ひとりの子が教えてくれた。

「あのね、あのね、レンくんがケンヤくんのトンネルをこわしたの」

「トンネルを？　どうして？」

「ええとね、こけたの」

周りで見ていた子たちの証言を総合すると、泣いているケンヤが作っていた砂のトンネルを、大柄なレンが壊してしまったらしい。しかし悪気はなく、立ち上がろうとしたときによろけて踏み抜いてしまっただけのようだ。それでケンヤが死ねと言ったわけだが、なぜこんなに号泣しているのかわからない。どうせまたレンが手を出したのではないかと睨んだら、案の定そうだった。

「ケンヤくんはなんでこんなに泣いてるの？」

「それはね、レンくんがぶったから」

他の子の説明に対して、すかさずレンが主張する。

「だって、ムカつくじゃん」

とても五歳児とは思えない言い分で、レンは自分を正当化しようとした。レンのことは嫌いではないが、この口汚さはどうにも好きになれない。他人を殴る理由が「ムカつくから」とは、先が思いやられる。それはいけないことだと今のうちに教えてやりたいが、親の影響は大きい。保育園での教育だけでは限界があった。

なんと言って窘《たしな》めようかと、頭の中で言葉を選んでいるときだった。遠巻きにこちらのやり取りを眺めていた女の子たちの中から、ひとりが前に進み出た。レンの横まで行くと、大人びた口調で言う。

「ムカついたからってたたいたりしたら、テロとおんなじなんだからね」

ユウカという名の子だった。この年代は男の子より女の子の方が成長が早く、口が達者だ。中でもこの子は親がしっかりしているのか、言うことがいつも正論だった。男の子同士の諍《いさか》いに割って入り、仲裁することもたびたびある。体が大きなレンも女の子相手では勝手が違うのか、いつもやり込められていた。

おそらくユウカの言ったことは、親の受け売りなのだろう。社会への怒りに任せてテロに走る者に対し、批判する言葉を親が口にしたのではないか。それを卑近《ひきん》な争いに引き寄せて語るのはいかにも五歳児で微笑ましいが、達郎は笑うどころではなかった。五歳児の言葉に、胸を貫かれる思いがしたのだった。

腹が立ったからといって相手を叩いたりしたら、テロと同じ。本当にそうだ。テロは許せないと、達郎もかつては思っていた。それなのに、達郎の胸には他者への殺意が芽生えていた。暴力に訴え、憎む相手を消し去ることで初めて、心の平安が得られるなどと考えていた。なんと恐ろしい発想か。自分が自分でなくなっていた。まるで悪魔的な存在に取り憑《つ》かれて操られていたかのようだが、それは違うとすぐに否定する。勝村を殺したいと心底願っていたのは、誰でもなく達郎自身なのだった。

赤い霧に包まれていた視界が、不意に開けたように感じた。憑き物が落ちた、とは言わない。目が覚めたのだ。総理大臣の短絡的な言葉に踊らされていた自分。いかに勝村が紗弥に対してひどい仕打ちをしていようと、殺していいことにはならない。ちょっとしたきっかけで、達郎はテロリストと変わらない存在になるところだった。それを救ってくれたユウカには、いくら感謝してもしたりなかった。

「そうだね、ユウカちゃん。ユウちゃんの言うとおりだ。先生は本当に感心したよ」

しゃがんで、ユウカと目の高さを合わせた。ユウカは達郎に向かって、にっこりと微笑んだ。

小村義博の場合

I

時の流れを目で見ることができるなら、自分の前にあるこの光景こそそうではないかと、小村義博《おむらよしひろ》は思う。左から右に、等間隔に間断なく流れていくボルトの列。いつ流れ始めたかわからず、いつ終わるとも知れないボルトの列は、まさに時の流れそのものだ。流れは永遠に等しく、規則的であるからこそ見ている者に苦痛を強いる。時計の秒針の動きを一日見張り続けることが仕事だとしたら、果たしてそれに耐えられる人がどれくらいいるだろうか。規則的であることがこんなにも苦行になるのは、人間が機械などではないからに他ならなかった。自動車工場内の作業でも、完成したボルトの検品ほど嫌われているものはない。この単調さに耐えられず、一日で辞めていく人も珍しくない。作業内容は至って簡単だ。ベルトコンベアに載って眼前を通り過ぎていくボルトをチェックし、不良品があったら摘《つま》み出す。誰でもできる、簡単な仕事。それなのに、長続きする人はほとんどいない。人間は考えることで生きている実感を得るのだと、この仕事を始めてから義博は気づいた。思考を捨て、ただひたすら機械の一部のように振る舞うことは、人間である限りなかなか難しい。

江戸時代に行われていた拷問のひとつに、手足を縛りつけられた状態でただ額に水滴を垂らされるというものがあったそうだ。水滴の垂れるペースは一定。肉体的苦痛はまったくない。しかしこれを何日も続けられると、人は狂うのだという。聞いただけではなかなか実感しにくい話だが、それに近い状況を自らの身で味わってみて、なるほど狂ってもおかしくないと理解した。義博は退社時刻が決まっているからまだ耐えられるが、二十四時間ぶっ続けで、果てもなく何日もやられたら確実に発狂する。よくこんな仕事を続けているものだと、自分の辛抱強さに呆れたくなる。

辛《つら》いのは精神面だけではない。一日中立ち続けなので足腰が痛むし、ひたすら眼球を左右に動かさなければならないために目も疲れる。強《こわ》張《ば》った足腰をほぐすために屈伸運動は欠かせず、可能なら目薬を差したい。だが屈伸運動はただだだが、目薬には金がかかる。だから瞼《まぶた》の上から眼球を揉むくらいしかできず、どうしても辛いときには濡れタオルで目許を冷やす。もちろんそんな程度で慢性的な眼精疲労は収まるわけもなく、最近は視力が落ちた気がする。まさに身も心も削って仕事をしているが、得られる報酬は悲しいほどに少なかった。

楽しいことをしているときの時間はあっという間に過ぎ去っていくが、辛い作業をしているときはなぜこうも時が経つのが遅いのだろう。時間が一定のスピードで流れていくのなど嘘で、実際はそのときどきで速度が違うのではないかと義博は怪しんでいる。八時間の労働は二十時間にも三十時間にも感じられ、終業のチャイムは永遠に鳴りそうになかった。だがもちろんそんなことはなく、果てが知れないと思われた作業にも終わりはやってくる。チャイムが鳴った瞬間、義博は密かに体から力を抜く。まだベルトコンベアから目は離せない。流れが止まるわけではないからだ。背後で待っている交替要員と、阿吽の呼吸で場所を入れ替わる。持ち場を離れて初めて、目の焦点が合いにくくなっていることに気づく。足の強張りには慣れてきたが、目は慣れるどころかますます疲れていく。いつかおかしくなってしまうのではないかという恐怖を、あえて無視する。考えても意味のないことは考えないようにする習慣が、今やすっかり身に染みついた。

「お疲れ様です」

まだ残っている人たちに声をかけ、出口に向かう。皆、ちゃんと応じてくれる。挨拶くらいしないと、変化がなくて辛いからだろう。職場の雰囲気が悪くないのは、今の環境のわずかな救いだった。

今日は昼番なので、夕方六時に仕事は終わった。更衣室で着替え、工場の外に出る。他の同僚たちも帰る先は一緒だから、連れ立って歩くことになる。だが義博は、楽しげに談笑している人たちの後ろについていくだけだ。嫌われているわけではないが、お喋《しゃべ》りの輪にうまく入ることは未だにできない。同僚たちも義博に吃音癖《きつおんへき》があることを知っているので、無理に話に引き込もうとはしない。義博は同僚たちの話を聞いているだけで満足だったが、たまには思ったことを口にしてみたいとは考える。贅沢な暮らしは夢のまた夢でしかないものの、楽しいお喋りすら高望みになってしまう自分の境遇は、いささか寂しかった。

寮までの道のりの途中にあるコンビニエンスストアに寄り、夕食を買った。仕事後にみんなで飲みに行く、などという金銭的余裕はない。せいぜい、誰かの部屋に集まって一緒に夕食を食べるくらいだ。しかし今日はそういう話にもならず、会計を終えた者から順にコンビニを出ていく。義博もおにぎりとちくわを買い、同僚たちから離れてひとりで寮に向かった。

小さい公園に差しかかったときには、かなり暗くなっていた。一本だけ立っている外灯が、遊具を白々と照らしている。むろん、遊んでいる子供などいない。義博はそんな公園に入っていき、丈の低い植え込みに向かってしゃがみ込んだ。ちっちっち、と舌を鳴らすと、みーという返事が聞こえる。茂みの中から、白い猫が姿を現した。

「お腹空いたな、ちー」

白い猫に話しかけた。人間相手だとうまく言葉が出てこないのに、猫だとなぜ普通に話せるのだろう。か行が苦手で、逆にあ行が一番言いやすいが、今はそういう理由ではないと思う。猫と話しているときが、最も心が安らぐからだと義博は考えている。人間は義博に緊張を強いる。どんなにいい人とでも、緊張せずに話すことはできない。なぜなのかはわからない。生まれついての体質だと、中学生のときに諦めとともに受け入れた。

ちーというのが、義博が猫につけた名前だ。最初は仔猫だったので、ちびと呼んでいた。だがそのうち大きくなったため、ちびではふさわしくなくなり、ちーに変えた。ちーという呼びかけを猫も認識しているようなのが嬉しい。住んでいるのが寮でなければ連れ帰って飼いたいのだが、ペットを飼うこともまた義博にとっては手の届かない贅沢なのだった。

「ちくわを買ってきたぞ。嬉しいだろ」

包装されているちくわをレジ袋から取り出し、口を開ける。丸ごと一本あげたいところだが、そうもできないのが悲しい。自分のために三分の一だけ残し、残りはちーの前に置いた。ちーはまさにがっつくという表現がふさわしい勢いで、それに食らいつく。仔猫の頃はほんのちょっとちぎってやるだけで充分だったのだが、最近は三分の二を食べてもまだ足りなそうだ。我が子の成長を見守る気持ちとは、こんな感じなのだろうか。大きくなったことが嬉しくもあり、同時にもうこれ以上大きくならないでくれとも思う。義博も、せめてちくわの三分の一くらいは食べたい。

ちくわに続けて、おにぎりも開封した。それも少し、ちーに分けてやる。わずかな食料を、野良猫と分け合う生活。惨めだという自覚はあるものの、本当に嬉しそうに食べるちーの姿を見ると、心が潤うようにも感じるのだった。

2

仕事で目を酷使しているので、家では休めた方がいいのはわかっている。だが知人とのお喋りを楽しめず、テレビもラジオもない狭い部屋では、スマートフォンが唯一の娯楽だ。型落ちなので本体価格ゼロ円で購入したスマートフォンだが、これが義博の生活を一変させてくれた。携帯電話と違い、ネット世界を自由に見て回れるのが嬉しい。他者とうまく付き合うことができない義博にとって、スマートフォンは自分を外界に連れ出してくれる窓だった。

いつものSNS《ソーシャル・ネットワーク・サービス》にログインし、よく出入りするフォーラムを覗く。そのフォーラムはあまり有名ではない小説家のファンクラブなので、参加者が少ない。だがその分、参加者ひとりひとりと深い交流ができるため、義博は気に入っていた。何度もやり取りしている相手は、ハンドルネームと簡単なプロフィールしか知らないにもかかわらず、顔を思い描くことができるほどだった。

雑談のスレッドに、昨夜のうちに書き込みをしておいた。小説家が書き続けているシリーズの、今後の展開を簡単に予想してみたのだ。それに対して、レスがひとつついていた。レスをした人のハンドルネームは、《みどりん》だった。思わず頰《ほお》が緩んだ。

〈面白いですね。でも、そんな予想をされたらもっと面白い展開にしないといけないから、作者も辛いですね〉

スマートフォンの画面上で、たった二行のレス。しかしそれが、義博にはこの上もなく嬉しかった。他のレスはない。義博の書き込みに対して反応してくれるのは、たいてい《みどりん》だけだ。物足りなさは覚えない。義博が最も欲しているのが、《みどりん》からのレスだからだ。

〈きっと、ぼくなんかが考えるよりもっと面白い続きを書いてくれま

すよ。とプレッシャー〉

最後に笑顔の絵文字をつけた。対面での会話では冗談ひとつ言えない義博だが、文字の交流ではおどけてみせることもできる。自分の言葉に対して、反応が返ってくることの喜び。他人との交流がこんなに嬉しいとは、ネットの世界に耽溺《たんでき》するまで知らなかった。なぜ人は、孤独に耐えられないのだろう。ひとりで生きていく強さがあれば、辛いことなどこの世からなくなるのにと思う。しかし現実には、《みどりん》のちょっとしたレスに心を温められている。強くなりたいと思いつつも、他者の反応に癒される矛盾。強くなれないなら、他者の温《ぬく》もりが欲しかった。たとえそれが、たった四インチの大きさでしかない画面上のやり取りだけだとしても。

《みどりん》のプロフィールは、これまで数え切れないほど読んでいるので完全に暗記している。二十三歳。都内の会社に勤めるOL。職種は事務。趣味は読書と映画鑑賞、かわいいもの集め。プロフィールに書いてある情報は、以上だ。顔写真は公開していないし、体重はむろんのこと身長も明かしていない。だから痩《や》せているのかぽっちゃりしているのか、ロングヘアなのかショートカットなのか、丸顔なのか面長なのか、そういった容姿に関することは何も知らない。ただ、書き込みのトーンは常に落ち着いていて、年齢の割に大人びている。それに気遣いができて、人を傷つけない。優しい女性なのだということが、書いた文章を読むだけで伝わってきた。義博にはもうそれで充分だった。

《みどりん》ともっとやり取りをしたいと思う。もっと《みどりん》のことを知りたいし、こちらのことも知って欲しい。実際に会えば話せなくなるのはわかっているから、ネット上のやり取りでいいのだ。一日ひと言だけの言葉の交換でなく、リアルタイムでやり取りをしてみたかった。

それが、今の義博の夢だった。大袈裟だが、生きる希望と言ってもいい。希望がなければ、生きていくのは辛い。希望があるからこそ、工場の歯車であることを強いられる無味乾燥な生活にも耐えられるのだった。

《みどりん》とのリアルタイムのやり取りはまだできずにいるが、他の人とならそういう関係をすでに築いていた。義博はＳＮＳを抜け、別のＳＮＳに移動した。このＳＮＳでは、現在誰がログインしているか一覧表示される。その中に義博は、《トベ》を見つけた。《トベ》のパーソナルページに行き、プライベートトークモードで話しかける。

〈今、仕事から帰ってきました。今日も疲れた〜〉

レスはすぐに返ってくる。《トベ》は決して、義博を無視しない。

〈お疲れ様。目の具合は大丈夫か〉

以前に、自分の仕事では目を酷使すると書いたことがあるので、それを憶えていて心配してくれるのだ。ちょっとした気遣いが、とてつもなく嬉しい。自分も《トベ》のように、気遣いのできる人間になりたいと思う。

〈目薬を差したから、大丈夫です〉

嘘も方便とは、こういうことなのだと義博は知った。むやみに《トベ》に心配をかけるのは心苦しい。かといって、目薬を買う金もないと告白するのは惨めだ。《トベ》とのやり取りは楽しいし、信頼もしているが、自分の何もかもを明かすつもりはない。だから友達ができにくいのだとわかっていても、本音を明かして衝突する方がずっといやだった。

吃音のせいで自分の気持ちをうまく言い表せない義博は、感情が行き違うとすぐ手が出る子供だった。思うことを、暴力でしか相手に伝えることができなかったのだ。小学生の頃には喧嘩っ早い奴というレッテルを貼られ、クラスメイトは近づかなくなった。中学に入った辺りから暴力衝動を抑制できるようになったが、その代わりに顔を真っ赤にして拳をぶるぶる震わせる姿は、それはそれで不気味がられた。そんな経験を経て、ともかく意見対立は避けるべきだと学習した。衝突がなければ、感情が波立つこともない。それは実際の対人関係だけでなく、ネット上でも同じだった。むしろ実生活でいい対人関係を築けないだけに、ネット上の知り合いは大切にしたかった。だから義博は、自分のすべてを明かそうとは思わない。

〈それはよかった。ところで今日は、何か新しいことはあった？〉

《トベ》は訊いてきた。義博が以前、今の生活は死ぬほど単調で辛いと愚痴《ぐち》ったとき、毎日をつまらなくするのも面白くするのも自分次第だと《トベ》は言った。単調な生活の中にも新しい発見があれば、それだけで一日は新鮮になる。だから今がつまらないと思うなら、積極的に何か新しいことを見つけるといいと言うのだ。《トベ》の年齢を義博は知らないが、深いことを言うものだと素直に感心した。おそらく、二十代後半の義博より遥かに人生経験があるのだろう。以来、義博は言われたとおりに新しいことを探そうとしている。毎日見つかるわけではないが、世の中を見る目が一新されたように感じられたのは確かだった。

〈成長を見守るのは、嬉しくもあり寂しくもあるな、と〉

今日感じたことではないが、ちーにちくわをあげたときに考えたことを伝えた。《トベ》の返事は、一拍遅れる。

〈唐突だな。なんのことだ?〉

〈猫です。前にお話しした、ぼくに懐いている猫を見て思ったんで

す〉

義博は自分が感じたことを説明した。うまく説明できた自信はなかったが、《トベ》は理解してくれた。

〈それは君自身の成長でもあるな。君は子を持つ親の気持ちがわかったんだ。大きな発見だ〉

肯定されるのは嬉しい。義博はこれまでの人生で、他者から肯定されるという経験が少なかった。認められること、それでいいと言ってもらえることがどれだけ心を潤してくれるか。《トベ》は義博が必要とする言葉を、常に与えてくれる。

〈他人の気持ちがわからない人は、他人の痛みもわからない。君はそうやって視野を広げることで、他人の痛みがわかる人間になっている

んだ〉

〈そうですね。ぼくは他人の痛みがわかる人間になりたいです〉

《トベ》の言葉は常に、示唆に富んでいる。学校の先生にはあまりいい印象を持てなかった義博だが、《トベ》は人生の先生と言ってもいいと思っている。顔も素性も知らない、人生の師。《トベ》から教わった言葉で、今日という単調な日も少し豊かになったと感じた。

3

「小村、今度の選挙ではどこに入れる？」

休憩中に、いきなり川崎《かわさき》が尋ねてきた。先輩の川崎は、時事問題について話し合うのが好きだ。昔は選挙や政治にまったく興味がなかったそうだが、子供ができてから社会のことを考えるようになったという。それまで一度も投票したことがなかった義博を叱り、去年の参議院選挙の際に投票所まで連れていってくれたのも川崎だった。

「ま、ま、まだ決めてないですけど」

川崎が相手だと、比較的スムーズに言葉が出てくる。吃音は慣れの問題も大きく、よく話をする相手だとそんなに引っかかることもないのだ。問題は、吃音が出るかもしれないと考えると怖くて、話し相手を作れないことだった。まず話をしないことには慣れることもないのに、その第一歩がいつも踏み出せない。

川崎は、貴重な例外だった。最初から義博の吃音癖を気にせず、積極的に話しかけてくれた。義博がうまく返答できなくても、気にせずにじっと待ってくれた。子供の頃に、やはり吃音癖を持つ友達がいたので、付き合い方がわかっているのだという。それを聞いて気持ちが楽になり、川崎と話すのはいやでなくなった。

「決めてないのか。今回は自憲党《じけんとう》一択だと思うけどな」

それが当然の感覚だと言いたげな、川崎の口振りである。これは何も川崎だけの物言いではなく、おそらく今は日本中にそう考えている人がいるはずだった。

現在の自憲党内閣の支持率は、八十パーセントになろうとしている。それは自憲党の政策が支持されているのではなく、総理大臣の個性が人気を集めているためだ。過去の政治家にはない歯切れのよい言動と、俳優にもなれそうな容姿で、老人から若者まで男女問わず幅広く支持を集めている。好きなものはバイオリン演奏とアニメ。水と油のようなふたつの趣味は、人気取りのために公言しているのではない。その筋の評論家やオタクと互角に意見を戦わせられるほどの知識と理解力を持っていることは、雑誌やネットを通して広く知られていた。

あらゆる意味で、型破りな政治家だった。時代の停滞感に倦《う》んでいた国民は、ニューヒーローの登場を諸手を挙げて歓迎した。旧来の派閥の論理を乗り越えて幹事長職に就き、その人気の余波で党に参議院選での大勝をもたらすと、勢いに乗って総理大臣にまで上り詰めた。これでようやく、諸外国の首脳と並んでも恥ずかしくない人が総理大臣になったと、世間の人は喜んだ。貧相な外見の老人が国の顔として外に出ていくことを、実は多くの人が恥ずかしく思っていたのだった。

八割近くの国民が支持をしている状況では、他の党への投票を考えているなどと言えば、奇異の目を向けられる。自憲党に票を投じるのが当たり前で、もしそうしないなら何かおかしな思想を持っているからだろうと見做《みな》されるのだ。なぜ自憲党を支持するのかと問われれば、人々は「総理大臣が好きだから」とか、「考えるまでもない」などと答える。国民にとって、理由はそれで充分なのだった。

「おれは学がないから、難しい政治の話とかよくわからなかったんだよ。でも今の総理大臣は、難しいことなんか言わねぇじゃん。何がよくて何が駄目かって、はっきり言ってくれるだろ。なんかさ、ああそうかって思ったんだよ。そうだよな、天下りも税金の無駄遣いも駄目だよなって、おれは初めて思ったんだ。もちろん、そんなことくらいみんな言ってたよ。でも、政治家は国民の声なんて無視だろ。まして総理大臣が、おれたちと同じことを言ってくれるなんて、あり得ないよ。そのあり得ないことをはっきり言ってくれるんだから、気持ちいいじゃないか。あの総理大臣なら、絶対に日本の将来をよくしてくれると思うんだ」

川崎は手にしている缶コーヒーを振り回しかねない勢いで、熱く語った。政治の話になると、川崎の口調には熱が籠《こも》る。もともと川崎には物事を断定調で語る嫌いがあったから、常に二者択一を迫る総理大臣の論調には共感できるのだろう。「天下り、許せますか？」「税金の無駄遣い、我慢できますか？」と総理大臣は国民に問いかける。むろん、誰もが否と言う。結果、総理大臣の支持者は増えていく。支持をためらう者は、非国民扱いされる。

「おれたちみたいに真面目に一所懸命働いてても、毎日の暮らしでかつかつなんてのはおかしいじゃないか。お前だって、せめて休憩時間にジュースの一本でも飲みたいだろ。水を飲むだけなんて、社会が悪いんだよ」

川崎の言葉に、思わず手許の紙コップを見た。川崎の言うとおり、義博は節約のために水を飲んでいるのである。これを惨めと思う感覚は、とうに失った。

派遣社員である義博に対し、川崎は契約社員だった。契約社員の方が派遣より給料がいいとは限らないが、この会社は契約社員を大事にしている。だから川崎のような家族持ちも安心して働け、休憩時間に缶コーヒーを飲めるのだった。将来が見えないという点では契約社員も派遣社員も大差はないものの、社会の底辺である貧困層の中でも格差はある。中流になりたいなどと大それたことは望まないが、川崎くらいの安定は欲しかった。

「バブルの後に社会に出たおれたちがまともな職に就けないのは、おれたちの出来が悪いからじゃないだろ。そもそも求人が少なかったからじゃないか。バブルの頃に遊んで暮らしてた奴らは未だに裕福な暮らしをしてて、おれたちは一方的にそのしわ寄せを食らってるんだよ。政治家が社会を変えてくれなきゃ、どうにもならないじゃないか」

これが、最近の川崎のお気に入りの理屈だった。おそらく、どこかで聞いた意見の受け売りなのだろう。おれたちが悪いのではなく社会が悪い、という考え方は耳に心地よい。義博は社会を恨んだことはなかったが、何度も何度も川崎から聞かされているうちに、自分たちは犠牲者なのかもしれないという思いが芽生えていた。

「だからおれは、今度の選挙も自憲党に入れるよ。今の総理大臣なら、きっとおれたちの生活を変えてくれるぜ」

そうだといいな、と義博は思う。夢のような話だが、夢がないよりはずっといい。どうせ何も変わらない、と多くの人が考えてしまったのがいけなかったのだ。社会は変えられると信じれば、明日も見えない生活も少しは明るくなる。

「おいおい、お前もなんとか言ったらどうなんだよ。おればっかり一方的に喋ってて、馬鹿みたいじゃないか。おれ相手なら、考えてることを言っていいんだぜ」

　ろくに相槌も打たない義博に、川崎は苦笑した。いつものことなのだが、政治の話には賛同なり反論なりして欲しいらしい。本当に自憲党が社会を変えてくれるなら同意したいところだが、「そうですね」という相槌では頭にさ行の音が来る。さ行は空気が漏れるので、かなり言いづらい。言いやすい言葉を選び、口にした。

「お、おれもそう思います」

「そうだよな。お前もそう思うよな」

　川崎は機嫌がよくなり、義博の肩をバンバンと叩いた。体が大きい川崎に叩かれると、けっこう痛い。だが、川崎のこういう兄貴肌が、義博は好きだった。過酷な仕事内容に耐えてこの工場にとどまっているのは、ここに川崎がいるからと言っても過言ではなかった。

「ああ、そうだ。今夜の飯はまた鍋なんだよ。食べに来ないか」

川崎は不意に話題を変え、誘ってくれた。鍋なら三人分も四人分も同じだからと、たまに呼んでくれるのだ。日々の食事代にも事欠く義博には、涙が出るほどありがたい。単に金銭的問題だけでなく、人の温もりを感じられるのも嬉しいことだった。

「はい、ありがとうございます」

礼はするりと口から出た。現金なものだと、自分でも笑いたくなる。

4

仕事を上がった後は、川崎の車に同乗させてもらった。川崎は家族持ちなので、寮には住んでいない。少し遠い場所から、車で通勤している。公共交通網が発達しておらず、車がないと生活に不便が出る地域だから、自家用車保有は特に贅沢というわけではない。それでも義博には車を持つことなど永遠に不可能だから、川崎の境遇が羨ましく思える。家族があり、自家用車を持つ生活。そんなに高い目標ではないはずなのに、それが日本では非現実的な夢になってしまったのはいったいいつからか。一億総中流時代というものがかつてあったと聞いても、おとぎ話の世界としか思えない。

「いらっしゃい」

川崎の妻は、義博を笑顔で歓迎してくれた。口が重く、冗談のひとつも言えない客を迎えたところで嬉しくもないだろうに、いやな顔ひとつ見せない。渋々受け入れるような素振りを一瞬でもされたら、義博は二度と来ていないだろう。人付き合いが苦手な義博が何度も招きに応じるのは、こうして笑顔で迎えてもらえるからだった。結婚するならこんな女性がいいと、川崎家を訪れるたびに思う。

「い、いつもすみません」

嬉しいことに、ちゃんと礼を言うことができた。「いいのよ、そんなご馳走が出せるわけでもないし」と妻は手を振ってキッチンに引っ込む。キッチンの横では、ベビーチェアに坐った乳児が機嫌よくおもちゃを振り回していた。一ヵ月ぶりに姿を見たが、ずいぶん大きくなっているので驚く。

六畳間の真ん中のテーブルを囲み、四人で食事を始めた。川崎は缶ビールを開け、義博と妻に酌をする。ふだんアルコールを口にしない義博はビールが苦手だったが、飲むと川崎が喜ぶので酌を受けた。みんなで鍋を囲んで飲むビールは、なぜか少しおいしく感じられる。

「小村も今度の選挙では自憲党に入れるって」

川崎は最初の一杯を一気に飲み干すと、妻に向かってそう言った。

妻は「あら、そうなの」と言いながら、義博に対して眉を顰《ひそ》める。

「智《とも》ちゃんが無理強いしたんじゃないでしょうね。選挙なんて、自分の好きなところに入れていいのよ」

「い、いいえ。無理強いじゃないです」

正直なことを言えば、政治にはまるで興味がない。どこの政党が政権を握ろうと、日本は何も変わらないと思う。しかしどこでもいいなら、川崎が喜ぶところに入れたい。川崎の影響を大いに受けた結果ではあるものの、今の総理大臣には好印象を抱いていた。

「おれはバブル世代を憎んでるんだよ。バブル世代が日本を駄目にしたと思ってるからな。だからそんな奴らを育てた親の世代にも、責任があると考えてる。その点、今の総理大臣はまだ六十歳だろ。バブル世代の親ではないんだ。おれは七十歳以上の政治家は絶対認めないね」

川崎はきっぱりと言った。この理屈は初耳だ。そんな発想で政治家を見たことは、義博はこれまで一度もなかった。

「出た、また世代論。しかも坊主憎けりゃ袈裟《けさ》まで憎いって感じ？」

鍋から具材を取り分けた皿を義博に渡しながら、妻がからかい気味に言う。川崎は自分の皿を突き出して、口を尖らせた。

「世代論の何が悪いんだよ。バブル世代とおれたちでは、明らかに違うじゃないか」

「そうねー」

妻には議論する気がないのか、軽く受け流す。川崎は顔を向ける方向を転じて、義博に語り始めた。

「バブル世代の何が悪いかと言って、あいつらがいいとこ取りをしているところなんだ。バブルってのは、要は空前の好景気だろ。それを作り出したのはバブル世代じゃなく、その上の世代じゃないか。バブル世代は単に、世の中が薔薇色のときにたまたま社会に出たというだけだ。あいつらは何も作り出してないし、特別な能力があるわけでもない。それなのに好景気だったのをいいことに、さんざん遊んでた奴らが一流会社に簡単に入った。それに引き替え、少し遅れて生まれただけで、バブル崩壊後の世代はあいつらに席を奪われたままなんだ。バブル世代は今、四十代後半ぐらいだろ。いい会社にいたら、相当裕福な生活を送ってるぜ。腹を立てないでいられるかよ」

「別に今、裕福な生活を送りたいわけじゃないけど、バブルなんて時代があったんなら見てみたかったわー」

子供に食事を与えながら、川崎の妻が楽しげに言う。川崎の恨み節が、その合いの手で少し軽やかになった気がした。

「人間は一度手にしたものを、絶対に手放そうとしないんだ」箸を動かしながらも、川崎は喋るのをやめない。「バブル崩壊前に社会に出ていた連中は、経済状況が悪くなっても自分たちの生活レベルを落とそうとはしなかった。それまでの恵まれた暮らしを、そのまま続けようとしたんだよ。でも、本来そんなことは不可能だ。どこかで無理が出る。その無理は、まだ社会に出ていなかった世代に押しつけられたんだよ。学生ってのは、基本的に貧乏だろ。上の世代がいい生活を続けた代わりに、おれたちは貧乏生活をそのまま維持させられたんだ。社会の富というパイを、みんなで分け合おうという発想がなかったから。上の世代が少しずつ我慢をしてくれれば、おれたちだっていい仕事に就けたのに」

川崎は子供が生まれて初めて、自分が可能な貯蓄額を計算してみたという。そしてその少なさに愕然《がくぜん》とした。息子の将来を憂う気持ちは、上の世代への恨みに変じた。以来、子供に安定した将来を与えてやれない社会は間違っているというのが持論になった。

「お前だって好きこのんで派遣社員をやってるわけじゃないだろ、小村。手に技術があれば、大企業とは言わないまでも人間らしい暮らしができる中小のどこかに就職できてたんだ。でもおれたちには最初から、正社員になる道が閉ざされてた。ちゃんと就職できないんだから、技術が身につくわけもない。ジョブトレーニングを受けてないという理由で、中途採用でも弾かれる。結局社会は、おれたちに自殺して欲しいんだよ。おれたちが自殺すりゃあ、食い扶持《ぶち》がそれだけ増えるからな。若い世代を見殺しにしたら、社会が先細りになるなんてことは誰も考えない。自分だけがよければいいからさ。将来の社会は政治家が考えればいいと、みんなが思ってる。考えればわかることを考えようとしないから、日本はこんなにおかしくなっちゃったんだ」

川崎の熱弁を、義博は頷きながら聞いた。考えればわかることを考えようとしない、という非難は、義博にも当てはまる。義博もそんなことは考えてみたこともなかった。考える余裕がなかったからだが、どうやらその余裕がない状況も上の世代のせいらしい。上の世代に下を思いやる気持ちがあれば、義博たちも違う人生を送れていたのか。目から鱗《うろこ》が落ちる思いだった。

川崎はよく食べ、よく飲んだ。その語りは終始熱く、義博の相槌がないのも気にしない。ひとしきり語り続けた末に箸を置くと、「ちょっとトイレ」と断って席を立った。

「ごめんねぇ、暑苦しくて」

妻が苦笑を浮かべて、義博に詫びた。暑苦しくなどない、という意味を込めて首を振ったが、妻は肩を竦めた。

「上の世代が何も考えないから悪い、みたいなことを言ってたけど、あれもこの前テレビで見たコメンテイターの受け売りなのよ。残念ながら、智ちゃんはそんな難しいことを言えるほど頭よくないからねー」

ああ、そうなのか。なんとなくそうではないかと思っていたから、失望はない。むしろ、テレビで聞いたことをそのまま自分の意見として語れるだけでもすごいと感じる。たとえ受け売りだとしても、川崎が語ってくれなければ義博は知ることもなかった意見だ。聞いた今は、川崎の怒りが少し理解できるように思う。

「世代論ってわかりやすいけど、なんか空しい気がするんだよねー。言ってもしょうがないっていうか。あたしはただ、この子が元気に育ってくれればいいな。みんなが小さい幸せで満足してれば平和だって言うなら、賛成するけど」

そう言われると、それもまた正論に思えてくる。みんなの小さい幸せ。おれの幸せはなんだろうと、義博はぼんやり考えた。

長居しては申し訳ないから、一時間半ほどでいとまを告げた。酔いが回った川崎は特に引き留めず、「気をつけて帰れよ」と寝転びながら手を振る。妻はキッチンで、食材をラップにくるんでくれた。

「はい、これは猫ちゃんへのおみやげ」

「あ、ありがとうございます」

野良猫に食べ物をあげていることは、以前に来たときに話した。それから妻は、帰り際に必ず残り物をくれるようになったのだった。

丁寧に頭を下げて、辞去した。寮まではかなり距離があるが、歩いて帰れないわけではない。久しぶりにまともな食事を腹いっぱい食べることができたから、歩くのは苦でなかった。

寮を通り越して、公園に向かった。植え込みに向かって舌を鳴らすと、待ちかねていたようにちーが飛び出してくる。待っていてくれたかと思うと、嬉しい。ラップにくるんであるつみれを出してやったら、ちーは猛然と食らいついた。

川崎は妻子を得てから、社会について考えるようになった。それは生きる張りができたからだろう。人は他者を愛することで、生きていく力を得るのだと思う。その理屈で言うなら、自分はこの野良猫から生きる力を分け与えてもらっているのだ。

愛する者がいる喜び。家庭を持つことなどできない義博の、これが小さな幸せだった。

5

〈先輩の言うことは正しいな〉

スマートフォンの画面上に、《トベ》の言葉が表示された。寮に帰ってすぐ、川崎が言ったことをそのまま伝えたのだ。《トベ》が川崎の意見をどう思うか、聞いてみたかった。

〈今の日本には、三つの階層がある。富裕層、中間層、貧困層だ。富裕層を責めても仕方ない。歴史上、いついかなるときも富裕層は存在してきたからだ。問題は、かつては富裕層と貧困層しかいなかったのに、今は中間層が存在することだ。中間層がいないときは、貧困層で社会のパイを分け合ってきた。だから互いに助け合う精神があった。しかし今は、中間層が自分たちの所有権に固執するばかりに、貧困層は生きていくだけで精一杯になった。助け合いの精神は、中間層で見られないだけでなく、貧困層からも消えてしまった。これが、日本社会がぎすぎすしている原因だ〉

《トベ》の言葉は理路整然としていた。川崎の意見を今聞いたばかりだというのに、すかさず自分の考えを文章にしている。《トベ》は本当に頭がいいと思う。経済的理由でいい教育を受けられなかった義博だが、たとえ大学に行っていたとしても《トベ》のように考えることは無理だったろう。

〈昔の貧困層は、助け合っていたんですか〉

なんとなく、そんなイメージはある。隣家と味噌や醤油を貸し借りするという世界だ。味噌を借りなければならないのは確かに貧乏だが、それが当たり前なら恥じることはない。持っている者が、持っていない者に分け与える社会。今を生きる義博には、とてつもなく羨ましい。現代の貧困層は、人に優しくしたくてもできない。分け与えてやれるものなど、何ひとつないからだ。

〈助け合っていた。富裕層のおこぼれでも、充分に人間らしく生きていくだけのパイが残っていたからだ。独占欲の強い中間層の誕生が、助け合いの社会を壊した。俄成金《にわかなりきん》がケチなのと同じだ。中間層は一度手にした富を、決して手放さない。貧困層に転落するのが怖いからだ。同時に、貧困層の存在から目を逸らした。見なければ、存在しないも同じだ。存在しなければ、怖がる必要もない。そうして君たちのようなバブル崩壊後の世代は、社会から見捨てられたのだ〉

社会から見捨てられた。体感としてそうした思いはあっても、改めて指摘されると衝撃だった。義博の感情の底に、何か熱いものが生じた。これまで義博には、社会を恨むという感覚がなかった。恨むには、社会という対象はあまりに漠然としていたからだ。しかしこうして論理的に説明されると、今の境遇は自分のせいではないと思えてくる。

他者から強いられた苦難、苦痛。なぜ自分だけがと考えると、その理不尽さに怒りがふつふつと湧いてきた。

〈君たちは本来持っているはずの権利を奪われた世代なんだ〉

なおも《トベ》は言葉を重ねる。《トベ》の言葉は、耳に心地よかった。

〈君たちは夢を抱いていい。勇気を持っていい。やりたいことのために、一歩踏み出していいんだ。君には夢はあるか？　やりたいことはあるか？〉

問われて、義博の頭にとっさに浮かんだのは《みどりん》のことだった。《みどりん》とリアルタイムのやり取りをしたい。じかに会わなくてもいいと考えていたが、本当はそんなことはない。会って、できるなら付き合いたい。《みどりん》のような人と付き合うことができたなら、これまで生きてきてよかったと初めて思えるだろう。金持ちになりたいなどと望んでいるのではない。ただ、ひとりの女性と心を通わせ合いたいという、小さな小さな願い。それすらも望む権利はないと考えていた、小さな幸せ。

〈夢はあります〉

《みどりん》のことを、《トベ》に聞いてもらいたいと思った。《トベ》なら、こんな小さな願いを笑ったりしないだろう。社会構造に対する怒りからいきなり卑近な話になってしまったが、義博の夢はこれなのだから仕方がない。《トベ》に打ち明けることで何かが変わるなら、それを期待したかった。

《みどりん》がどんなに優しい女性で、今の義博の心の支えになっているかを、包み隠さず書き綴った。言葉にしてみて初めて、自分の裡での《みどりん》の存在の大きさを知った。《みどりん》がいるからこそ、辛く単調な生活にも耐えていられたのだ。《みどりん》と知り合えたことを、運命に感謝したかった。

〈君は勇気を持つ必要がある〉

義博の思いの丈を聞き終えた《トベ》は、すぐにそう答えた。勇気か。勇気を持つことも貧困層には贅沢なのだと自嘲する。しかし、《トベ》の指摘には心を揺さぶられた。

〈リアルタイムのやり取りくらい、まったく大したことはない。君のためらいは、女性から見れば魅力に欠ける。無意味なだけでなく、ふ

たりの関係性において有害だ。君は勇気を持つべきだ〉
〈みどりんをチャットに誘えと言うんですね〉
〈そうだ。君がこれまで相手に不愉快な印象を与えていないなら、断られるわけがない。君はいつまで搾取される側にいるつもりだ。一歩踏み出さなければ、何も変わらないんだぞ〉
おれは今の境遇を抜け出す努力を怠っていたのか。そんなことはないと反論したかったが、できない。《トベ》の言うとおりではないかと、今初めて気づいたからだ。失踪した父、情緒不安定になった母。崩壊した家庭が、義博から選択肢を奪った。だから今ここにいるのであって、どうしようもなかったのだと考えていた。ここを抜け出して他の場所に行こうとは、試してみたこともなかった。一歩踏み出さなければ、他の場所には行けない。そんな当たり前のことも知らなかった。《みどりん》は、義博をここと違う場所へと誘うきっかけなのか。

〈わかりました。アドバイス、ありがとうございます〉

素直に礼が言えた。このやり取りで、新たな力を得た気がした。《トベ》の言葉は嘘ではなかった。《みどりん》に対してダイレクトメッセージを送り、一度チャットをしようと持ちかけると、あっさり承諾の返事があったのだ。こんな簡単なことなのか。ならば何を躊躇《ちゅうちょ》していたのかと、過去の自分を叱りつけたくなる。ともあれ、約束した時刻になるまではかつて味わったこともないほど胸が高鳴る時間だった。自分がこんな興奮を味わうときが来るとは、夢想もしていなかった。

ふたりだけにしかわからないパスワードを設定したチャットルームで待っていると、約束の時刻の五分前に《みどりん》がアクセスしてきた。互いに〈こんばんは〉と挨拶する。義博は緊張していたが、文字のやり取りなら吃音癖は出ない。インターネットが発達していてよかったと、つくづく思った。

〈無理に誘ってごめんね。いやじゃなかった？〉

勇気が足りないと《トベ》に怒られそうなことを、まず言った。吹き出し状に表示される《みどりん》の返事が、すぐ表示される。

〈ぜんぜんいやじゃないですよ。フォーラムでのやり取りだとどうしても返事が遅くなるから、私もヨッシーさんとチャットしてみたかっ

たです〉

《ヨッシー》というのが、義博のハンドルネームだ。チャットしてみたかった、という文章を見て、義博の心は舞い上がりそうになった。たとえそれが社交辞令であっても、そんなことを言ってくれた人はかっていなかった。

〈せっかくチャットするなら、いろいろ訊いてみたいんだけど、どこまで訊いていいのかな。家族構成とか、住んでる場所とか訊いてもいい？〉

直接言葉を交わすのでなければ、大胆なことも言える。面と向かっていたら、とても言えない台詞だ。

〈常識の範囲なら、なんでも訊いてくれていいですよ。こちらも訊き

ますし〉

《みどりん》はそう答えてくれた。常識の範囲なら、と留保しているが、あまり警戒している様子はない。そのことが嬉しかった。

それならばと、遠慮なく質問を繰り出した。訊きたいことは山ほどあった。《みどりん》についてならどんな些細なことでもいいのだ。《みどりん》のすべてが知りたい。だから質問はとめどもなく湧いてきた。

《みどりん》は親許にいるそうだった。兄弟は兄がひとり。居住地は東京だという。〈都会だ〉と感心すると、〈そんなことはない〉と謙遜された。近くには畑があり、のんびりした雰囲気の地域だと《みどりん》は言う。東京にそんなところがあるのかと、義博は驚いた。

《みどりん》は付属の女子高を経て、有名女子大を卒業していた。それを聞いて、少し気後《きおく》れする。自分と同じ高卒だったらよかったのにと思ったが、《トベ》の言う中間層の家庭には今どき高卒の人などいないのだろう。だが、《みどりん》が自分とは違う階層に属していることは、最初から見当がついていたのだ。いまさらそれを気にしても仕方がなかった。

休みの日は大学時代の友達と会ったり、ひとりでウィンドウショッピングをしたりして楽しんでいるという。好きな映画はラブストーリーよりも、サスペンスやSFアクションなのだそうだ。それは少し意外で興味を惹かれたが、残念ながら好きなタイトルを挙げてもらっても義博にはわからない。どう面白いのか、いずれ聞かせてもらえたらと夢想した。

身長は百五十三センチとのことだ。女性としては、ごく普通だろう。義博は百七十五センチだと答えると、〈背が高いんですね！〉と感心してくれる。自慢になるほど高いとは思わないが、そこで感心してくれる《みどりん》には好意を覚えずにいられなかった。

〈私のことばっかりじゃなくて、ヨッシーさんのことも訊いていいですか？〉

義博の質問の連続が一段落したところを見計らったのか、《みどりん》はそんなことを言った。おれなんかに興味を持っているのか。そのことがすごく意外で、返事が一拍遅れる。しかし、訊かれれば答える気になった。初めての心境だった。

〈何を訊いてもらってもいいけど、ぼくの話は重いよ〉

〈重い？　もしかしたら、話したくないですか？　だったら無理には訊かないけど〉

〈誰にも話したことはないんだ。話しても、自分が惨めになる気がしたから。でも本当は、誰かに聞いて欲しかったのかもしれない。今はそんな気がしている〉

〈だったら、聞かせてください〉

《みどりん》はどういう気持ちで話を聞くと言っているのだろうか。こんな前置きをしても後込《しりご》みしないのだから、単なる興味本位ではないはずだ。義博をひとりの人間として受け止めてくれようとしているのか。だとしたら嬉しいが、世の中にそんな人がいるのかと疑う思いもある。

〈ぼくの父は気が小さいくせに向こう見ずという、矛盾した人だったんだ〉

父のことを、初めて言葉にした。極力考えないようにしていたから、悪口すら思いつかなかった。語ろうとして、ぽんと表現が浮かんだ。もう忘れたと思っていた父の人となりを、的確に言い表している。考えまいとしていただけで、実は心の中に父のイメージは残っていたのだなと知った。

父は不動産屋をやっていた。従業員は母だけという、町の小さな不動産屋だ。基本的には賃貸だが、たまに売買物件も扱う。売買契約が成立したときはまとまった金が入ってくるから、そんなときは夕食がいつになくご馳走になったのを義博はよく憶えている。

不動産売買には、ギャンブル的要素があるらしい。一度大きい物件を扱い、一生のうちに何度も目にすることはない大金を入手して、父の人生は変わった。父は夜の街で遊ぶことを覚えたのだ。

夜遊びをすれば金がかかる。しかし一攫千金《いっかくせんきん》の味を知った父は、それを気にしなかった。一度の成功で手にした大金は消え失せ、逆に借金を背負った。それでも父は、一発逆転ばかりを狙って地道な仕事に身を入れなかった。

金を借りた先は、最初は銀行だった。だがいつの間にか、たちの悪い連中が取り立てに来るようになった。借金取りが来ると、母はひたすら頭を下げ続けた。土下座をしているところも、一度ならず見た。

しかし土下座で許してもらえるほど、甘い世界ではない。母は夜も働きに出ることになった。母が綺麗な顔立ちをしていたことが、思えば不幸だった。

〈いやいや始めた仕事だったのに、母は水商売が性に合ってたんだ〉

まだ小学生だった義博は、母がどんな仕事をしていたのか正確には知らない。母は義博の夕食を作ると出ていき、翌朝に義博が目覚めたときには横で寝ていたからだ。ただ、綺麗に着飾り濃い化粧をして、いそいそと出かけていく母の姿を見るのはいやだった。母が生き生きしているように思えたのは、もっといやだった。

〈父は借金取りが怖くて、家には帰ってこなくなったんだ。気づいてみたらいなくなっていたから、最後に会ったのがいつなのかもよくわからない。でもぼくは、借金取りから逃げたんじゃなく、派手になった母さんがいやで父さんはいなくなったんだと思っていた。実際、そうだったんじゃないかと今でも思ってる。それくらい、母は変わってしまったから〉

母はあまり心の強い人ではなかった。借金取りに追われる苦労と、夫に逃げられた屈辱に、常に苛《さいな》まれていた。突然「チクショウ」と叫んで物を投げるなど日常茶飯事で、その暴力衝動が義博に向かうことも再三だった。最初は投げた物が当たっただけで、故意ではなかった。母は驚き、怪我はないかと義博の身を心配してくれた。だがそのうち、直接的な暴力を振るうようになった。理由は特にない。スリッパを揃えないとか、戸をきちんと閉めないとか、果ては目つきが気に入らないなどという言いがかりで、義博の頰を張った。幼かった義博は抵抗できず、母の理不尽さを責めることもできず、元からあった吃音癖を悪化させた。母から殴られるたびに、言葉は出てこなくなった。義博は無口になり、友達も失った。一緒にいて楽しくない相手とは、誰も遊んでくれない。義博は思いを外に出さなくなり、それとともに、暴力に訴えるという手段を学んでしまった。

吃音癖を馬鹿にされたことはなかった。その意味ではいいクラスだったのだろうが、怒らせたら怖いと思われていたのかもしれない。真意を確かめたことがないから、どちらなのかはわからない。話をする機会が減れば、言葉はますます出てこなくなる。母に殴られても、「痛い」とも言えなくなった。

〈母がいなくなったのは、ぼくが小学校五年のときだった。最後の夕食を作って、「元気で生きていくんだよ」と言い残して出ていった。何があったのかはわからない。たぶん、男と一緒に逃げたんだろうけど、ぼくは相手の姿を見てない。母は家には絶対男を連れてこなかったから〉

そこだけは母の最後のこだわりだったのかもしれない。父と正式な離婚をしていないまま、他の男とじゃれ合う姿を息子に見せまいとしたのだろう。しかしそんなこだわりも、義博を残して消えたことで台なしだった。母に見捨てられた日から、義博は自分の居場所を失った。どこにも落ち着けないまま、社会の底辺を這いずり回っている。

母は息子の存在をどう思っていたのだろう。愛情はなくなってしまったのか。もしかしたら、高まる一方の暴力衝動に恐れをなし、息子を殺してしまう前に自ら身を隠したのではないかと義博は後に考えた。その推測に縋りついて、十代を生き抜いてきたとも言える。だが冷静に考えれば、小学校五年にしてかなり体が大きかった義博を、華奢《きゃしゃ》な母が殺せるはずもなかった。母は単に、何もかもいやになっただけだったのだろう。これも後に思い当たったことだが、母は水商売だけでは足りず、性風俗店で働いていたようだ。借金取りに無理強いされたに違いない。そんな境遇まで落ちれば、逃げ出したくもなる。逃げるなら、子供は足手まといになるだけだ。仕方がなかったのだ、と義博は自分に言い聞かせたが、本当に納得できたのかどうかは未だにわからない。

義博は養護施設に入り、中学卒業後は働きながら定時制高校に通った。高校卒業時に就職先は見つからなかったが、規則で施設は出ていかなければならなかった。以後、アルバイトや派遣の仕事をしながら、年を重ねてきた。こんな生い立ちで夢を持てるほど、義博は夢想家ではなかった。

〈びっくりしたでしょ。みどりんさんの周りには、まともな人生を送ってきた人しかいないよね。同じ日本に住む人の話とは思えないんじゃない？〉

あまりに重い打ち明け話をしてしまったことに気が咎《とが》め、最後はおどけて見せた。だがすぐには反応がなく、しばらくしてから〈びっくりしました〉と文字が表示された。

〈私、世間のことをぜんぜん知らなくて〉

〈知らなくて当然だよ。知らなくていいんだ。それと、かわいそうなんて思わないでよ。同情してもらいたいわけじゃないんだ。これがぼくの運命だから、しょうがない。人のことを羨ましがっても、なんにもならないからね〉

つい先日まで、ずっとそう思っていた。自分はこのまま、いつか体を壊して死ぬのだと諦めきっていた。しかし今は、「しょうがない」という言葉では片づけられないもやもやとした思いがある。社会が悪いと憤る川崎と、中間層は身勝手だと指摘する《トベ》の言葉が、義博の心に黒点を刻んだ。黒点は黴《かび》のように、じわじわと面積を広げている。自分はまともに生きる権利を奪われたのだという考えは、麻薬のように義博の脳を痺《しび》れさせた。

〈ヨッシーさんは強いんですね。私、尊敬します〉

《みどりん》はそんなことを言ってくれた。生まれて初めて、他者から尊敬すると言われた。尊敬とはつまり、存在価値を認められたということだ。なんと嬉しいことを言ってくれるのか。このひと言だけで、《みどりん》は義博の人生における特別な人になった。

6

途中で渋滞に巻き込まれかけたので、予定より少し遅れた。しかし新宿の超高層ビル群が見えてきたときには、まだ九時半だった。待ち合わせはバスターミナルで十時にしてある。この調子なら余裕で間に合いそうだった。

義博にとって、二度目の東京だった。以前に一度、派遣の仕事で数日間だけ東京に滞在したことがあった。だがそのときは朝から晩まで働きづめで、観光などまったくできなかった。誇張でなく、東京の空気を吸って帰っただけである。だから新宿の超高層ビル群を見るのは、これが初めてだった。

別世界のようだと思った。あのような高い建物が建っていること自体が驚きなのに、中で人々が日常的に働いているかと考えると、まさに世界が違うと感じる。あれが、今の中間層の人々が暮らす世界か。

階層の差を、東京の風景がまざまざと見せつけるかのようだった。

この期に及んでなお気後れしたが、しかし楽しみの方が勝《まさ》っていた。

ついに《みどりん》と会える。義博の夢が叶おうとしている。絶対に実現しないと思っていた、遠い夢。こんな日が来ようとは、ひと月前には想像もしなかった。

あまりに悲惨な過去を語ることで《みどりん》が離れていくのではないかと義博は覚悟していたが、案に相違して彼女の態度は変わらなかった。むしろ、親しみを覚えてくれたように感じられた。ハンドルネームしかわからない相手では、完全に信用するのは難しかったのだろう。洗いざらい打ち明けたことで、《みどりん》は義博への警戒心を解いた。義博から訊いたわけでもないのに、携帯電話のメールアドレスを教えてくれたのだ。

それだけではない。あるとき、ついに本名まで知ることになった。

本名を明かすことに、《みどりん》はまったく抵抗を覚えていないようだった。《みどりん》の本名は、吉川《よしかわ》みどりだった。本名を知っても《みどりん》は《みどりん》だが、ネットで知り合っただけの相手にそこまで教えてくれることが嬉しかった。受け入れられた、と思った。

今のいい関係性を壊すのは怖かった。それでも、一歩踏み出したいという欲求は抑えられなかった。ビルの屋上から飛び降りるほどの勇気を振り絞り、東京に行ってみたいとメールに書いた。東京に行ったら、観光案内してくれないか、と。

いいですよ、という承諾はあっさり返ってきた。命を懸けんばかりの覚悟を固めていたのが馬鹿馬鹿しくなるほど、呆気ない返答だった。

果たして《みどりん》は、自分がどれだけ義博に生きる希望を与えたか、自覚しているだろうか。この瞬間の歓喜を、死ぬまで忘れないだろうと義博は思った。

《みどりん》の予定を訊き、休みを取った。一泊する金はないから、日帰りだ。しかし《みどりん》にひと目会えれば充分なのである。半日も行動をともにしてくれたら、まさにそれは夢のようなことだった。

高速バスに乗って三時間半の旅も、ようやく終点に着いた。バスを降り、ターミナルの内外を見て回る。まだ十時までには二十分ほどあるので、《みどりん》は来ていないだろう。それでも、人を待っている様子の女性がいると《みどりん》ではないかと気になった。

どうやらいないようなので、待合室のベンチに坐った。目印として赤いキャップを被ってきたから、向こうは見つけやすいはずだ。それに対してこちらは、《みどりん》の外見的特徴を知らなかった。勝手に思い描いている姿はあるが、実際が大きく違っていても落胆しない自信があった。《みどりん》の実物を見てがっかりすることなど、絶対にあり得なかった。

「ヨッシーさんですか」

不意に、背後から声をかけられた。待合室の出入り口にずっと目を向けていたので、後ろから呼ばれるとは思っていなかった。慌てて立ち上がり、そこにいた女性と目が合う。《みどりん》は小柄で、立ち上がった義博が見下ろす形になった。義博の急な動きに、《みどりん》も驚いているようだった。

華奢な人だった。体の凹凸がなく、少年のような体型だ。肩幅が狭く、顔も小さい。嘘のように小さい。そしてその顔立ちは、予想以上にかわいかった。自分のような者がまじまじと見てはいけない相手だと感じられ、すぐに目を逸らした。

「み、みみみみ――」

みっともなく、吃《ども》ってしまった。こんなときに吃音癖が出てしまうとは。最も恐れていたことが起きてしまい、顔が赤くなった。落ち着けと自分に言い聞かせるために腿《もも》の横を叩くが、いっこうに言葉は滑らかに出てこない。何度も腿を叩くことになり、かえって行動がおかしい人のようになってしまった。

「みどりんです。やっと会えましたね」

しかしそんな義博を笑ったり怖がったりすることなく、《みどりん》は自分から名乗ってくれた。義博は吃音癖があることを、あらかじめ話してあった。だから驚かずにいられるのだろう。気遣いが嬉しくて、少し気持ちが落ち着いた。

「ご、ごごごごめんなさい。ききき緊張すると、うまく言葉が出てこなくて」

落ち着いたお蔭で、詫びは口にできた。《みどりん》は口許に笑みを刻んで、首を振る。

「緊張なんてしなくていいですよ。それと、吃りも気にしなくていいですからね。もしうまく言えなかったら、スマホで文字を打って私に見せてください」

「え、一緒にいるのに？」

《みどりん》の提案が面白くて、つい笑ってしまった。《みどりん》も「それなら気楽でしょ」と言って笑う。間違いなく、義博がこれまでの人生で見た最も魅力的な笑顔だった。東京まで出てきた甲斐があった、と思った。

「じゃあ、さっそく移動しましょうか。一日だけだから、がんばって見て回らないとね」

そう言って、《みどりん》は待合室の後方に向かう。そのときになって初めて、そちらにも出入り口があったことに気づいた。《みどりん》はこちらから入ってきたのだ。

恥ずかしかったが、あまり金がないことは伝えてあった。だから今日のプランは、ただで見て回れるところを中心に組んだと《みどりん》は言っていた。まず最初に向かったのは、東京都庁舎だった。展望台があり、無料で開放されているという。バスの中から見た光景の中に自分が入っていくかと思うと、不思議な気分だった。

公共の建物とは思えない異様なシルエットを下から見上げて感嘆し、展望台に上ってまた圧倒された。東京どころか日本を一望できるのではないかと思えるほどの、広い視野。ここに立つだけで、何か別の人間に生まれ変われたような気すらする。遥か下方を見下ろせば、魂まで吸い取られそうだった。

「ととと、東京の人はいつも、こんなすごい眺めを楽しんでるんですか」

傍らの《みどりん》に尋ねると、「まさか」と笑われる。

「そんなことないですよ。私も久しぶりに高いところに上りました。東京に住んでても、こういう眺めはすごいなと思いますよ」

そうなのか。それを聞いて少し安堵した。

《みどりん》が次に案内してくれたのは、浅草《あさくさ》だった。雷門の提灯の大きさに、またしても驚かされる。東京は何もかも大きい。人の多さも、スケールの大きさも、義博が知る世界とは桁違いだった。

仲見世を抜けて浅草寺で賽銭を上げ、帰り道で昼食を買った。義博は天むすというものを初めて食べた。ふだん食べているコンビニのおにぎりとは、形状は似ていても別物だった。こんなおいしいものは食べたことがないとすら思った。

そんな感想をたどたどしく伝えると、「本当ですか」と《みどりん》は嬉しそうに眉を吊り上げる。《みどりん》の嬉しげな顔を見ると、幸せな気分になる。もっと見ていたい、と欲が出てくる。

その後、上野に出て西郷隆盛《さいごうたかもり》の銅像を見、御徒町《おかちまち》まで歩いてアメ横を冷やかして回り、途中でコーヒーショップに入って休憩した。《みどりん》を退屈させては申し訳ないと、がんばって話題を探す。

「み、みどりんさんはクリスマスの予定はあるんですか」

クリスマスを一緒に過ごしたいと思ったわけではない。プレゼントを受け取って欲しいとも考えていない。ただ単に、もうすぐ年末なので時宜《じぎ》に適った話題と考えただけだ。クリスマスに女性と関わろうなんて、そんな大それたことは最初から望んでいなかった。

「まだ決めてないですけど、たぶん彼氏と食事をすると思います」

《みどりん》は目を伏せ、少し恥ずかしそうに言った。だから義博は、表情を見られずに済んだ。その瞬間、自分がどんな顔をしていたか義博はわからなかった。

衝撃はあった。しかし、胸が痛むほどではなかった。こんな魅力的な女性に、恋人がいないと考える方がおかしい。当然のことであり、驚きはなかった。ああそうか、という淡々とした納得があっただけだ。

「彼氏ですか。どんな人ですか」

自分の声が冷静なのが嬉しかった。《みどりん》は俯いたまま、訥《とつ》訥《とつ》と語る。

彼氏はふたつ年上のサラリーマンだそうだ。学生の頃からスポーツが好きで、あまり本は読まない。小説にはまったく興味を示さず、読んでも雑誌かビジネス書なのだという。映画やドラマも見ず、テレビはもっぱらスポーツ観戦用だ。だから《みどりん》とは、あまり趣味が合わないとのことだった。

「なんで付き合ってるのか、自分でも不思議なんですけどね」

照れ隠しなのか、そんなことをつけ加える。しかしその語り口から、彼氏と別れる気などまったくないことを義博は見て取った。

羨ましいとは思わなかった。《みどりん》が素敵な相手と付き合っているなら、義博も嬉しかった。《みどりん》には幸せになって欲しい。義博のような貧困層ではなく、正社員で経済力がある男性と結ばれて欲しい。嘘偽りない気持ちで、心底そう願う。

《みどりん》は義博のクリスマスの予定を訊いてこなかった。予定などないことを、おそらく察しているのだ。《みどりん》は本当に素晴らしい女性だ。知り合えた幸運を、天に感謝したいとすら思った。

その後、お台場《だいば》に出て実物大のガンダム像を見た。東京はやはり何もかも大きいとの思いを、新たにする。それからダイバーシティに入り、フードコートで夕食にした。義博は安いつけ麺にしたが、こんな豪華な夕食はこの先何年生きてもないだろうと考えた。

付き合ってくれるのはここまででいいと辞退したが、義博が新宿でバスに乗るまで見届けると《みどりん》は言い張った。その気持ちを変えさせることはできないようなので、厚意に甘える。電車を乗り継いでバスターミナルに着き、改めて礼を言った。

「き、今日は本当に楽しかったです。人生で一番楽しかった日でした。ありがとうございます」

「私も楽しかったです。また東京に来てください。次はどこに案内するか、考えておきますから」

社交辞令とは思えない口振りだった。《みどりん》も楽しかったなら、こんなに嬉しいことはない。まさに一生の思い出だった。

バスに乗り、窓越しに手を振った。《みどりん》はバスが発車するまで、帰ろうとしなかった。バスはドアを閉じ、ゆっくりと発進する。夢の一日が終わり、現実に帰るときが来たと思った。魔法は解けたのだった。

《みどりん》の姿が見えなくなっても、ずっと後方を見ていた。豪華な夜景を彩る超高層ビル群が遠ざかっていく。夜の眺めも、やはり別世界だ。ここは自分のいる場所ではなかった、と義博は感じた。

7

〈君は怒るべきだ。なぜ怒らない〉

《トベ》は意外なことを言った。怒る？　《みどりん》に対してか？　《みどりん》には感謝こそすれ、怒る理由などまるでなかった。

〈君は彼女と自分とでは、生きる世界が違うと感じた。だから彼女が他の男と付き合っていても諦めるしかなく、なんとかしようなどとは少しも考えない。おかしいと思わないのか〉

そう問われても、自分と《みどりん》が恋人として付き合う様子など思い描くこともできない。人間が空を飛べないように、自分は《みどりん》の恋人にはなれないのだ。それは考えるまでもない、自明なことだった。

〈君は自分が貧困層に属する人間だから、中間層の女性とは付き合えないと考えている。ならば、君も中間層の人間だったら、彼女を簡単に諦めたりはしなかったんじゃないか？　今は江戸時代じゃないんだ。階層の差が人間の差になることなどあってはならない。彼女も君も、同じ人間だ。だから君は、彼女と君を隔てるこの社会に怒るべきなんだ〉

《トベ》の言葉は力強い。そんな仮定をしてみたことはなかったので、義博は考え込んだ。もし自分に普通の経済力があったら。人に恥じない学歴があったら。義博にも《みどりん》と付き合うチャンスがあったのだろうか。そう考えると、彼女は高嶺《たかね》の花ではなく、第三者に遠ざけられた存在に思えてくる。

〈君は自分の境遇をではなく、怒ろうとしないことを恥じなければならない。なぜなら、怒りを表明する人は続々と現れているからだ〉

〈小口テロ、ですか〉

〈そうだ。レジスタントは自分の不運を嘆くだけでなく、社会を変えるために立ち上がった。こんな間違った社会は、人任せにしている限り絶対に変わらない。いくら今の総理大臣が聞こえのいいことを言っても、それで本当に世の中が変わると思うか？　政治家は自分のためになることしかしない。政治家に期待するなど、愚か者のすること

だ〉

《トベ》はテロに走れと唆《そそのか》しているのだろうか。確かに《レジスタント》には、以前から共感していた。凶行に至るにはよほどのことがあったのだろうと察していた。そしてその「よほどのこと」は、世の中の大半の人は理解できないのだ。他人の痛みに、人は鈍感だ。なぜなら、自分さえよければいいからだ。他人の痛みなど、特別な想像力でもない限りわかるわけがない。

だとしても、自分が《レジスタント》になることは一度も考えなかった。抗議して世の中が変わるものなら、抗議をしよう。しかし義博ひとりが訴えたところで、どうせ何も変わらない。変わらないのに罪人になるのは、無意味なことだ。これまではそう思っていた。

〈ぼくに、レジスタントになれと言うんですか〉

こわごわ尋ねた。そうするべきだと言われたら、なんと応じればいいのか。承知はできないが、拒否もできない。いきなり喉元に刃を突きつけられた心地だった。

〈そうは言わない〉

しかし、《トベ》の返事は穏当だった。ディスプレイに表示された返事を見て、義博は密かに安堵する。《トベ》の言葉は続いた。

〈でも君は、負け犬の状況から脱する努力をすべきなんだ。このままではのたれ死ぬ。自分でもそれはわかっているんだろう？　先が見えず、生まれてきた意味も見つけられず、誰にも惜しまれずに死んでいいのか？　君の生は、君自身が意味づけしてやらなければならないん

だ。それを忘れないことだ〉

《トベ》の指摘は、真っ直ぐに義博の胸に突き刺さるかのようだった。誰にも惜しまれずに死んでいくことを想像すると、叫び出したくなるほど怖い。無意味な生より、無意味な死の方が耐えがたく思えた。

その日以降、義博はひとつの思考に囚《とら》われるようになった。《みどりん》と自分を隔てる社会。こんな社会は、いっそ壊れてしまえばいいと思う。人間が人間らしく生きられない社会に、存在意義はあるのか。得ようと努力する前にすべてを諦めていた義博は、やはり間違っていたのではないか。

ひとりの力では、社会を変えることなどできない。しかし集団の力は、何かを動かせるかもしれない。だから《小口テロ》なのだ。特殊な思想や信条を持っているわけではない者たちが、相互に関わりもないままに起こすテロ。いつ誰がテロを起こすかわからない不安に、社会は怯《おび》えている。弱者を無視し続けてきた社会が、その存在を意識せざるを得なくなったのだ。《レジスタント》たちは自分の命を捨てて、社会を動かそうとしている。だがその犠牲も、後に続く者がいなければ実を結ばない。必ず遺志を継ぐ者がいると信じて我が身を賭《と》する心意気は、崇高と言ってもいい。義博は今や、死んでいった《レジスタント》たちを尊敬していた。

彼らの死を無駄にしてはいけない。考えるほどに、自分の進むべき道が絞られていく。機械の一部のように生きていて、なんの意味があるのか。このまま生き続けて、楽しいことがあると思っているのか。

何もありはしない。《みどりん》と結ばれることは永遠にないし、それどころかまともな食事をすることすら夢でしかない。趣味もなく、将来への希望もなく、ただ呼吸をし排泄をするためだけに生き長らえている人生。こんな無意味な生は、もういやだった。

それでも、最後の勇気が湧かなかった。自分が情けなくてならないが、単調な毎日に一度嵌《はま》り込むと、抜け出すのはとてつもなく難しい。同じことをしていればいいのは、精神的に楽だからだ。単調さが心を狂わせると思っていたのに、いつの間にかそこに安住していた自分の弱さを発見する。すでに行動を起こした《レジスタント》たちは、どうやって最後の勇気を得たのか。訊いてみたくても、彼らはもう死んでいる。自分だけが取り残された気になった。

また《トベ》の話を聞いてみたいとも思ったが、なぜか接触がとれなくなった。ふだんはネットに常駐しているのに、いつ行ってもログインしていないのだ。たまたまだろうが、《トベ》に見捨てられたようにも感じる。答えは自分で見つけなければならないということなのだろう。

鬱々とした思いを抱えていても、日々は坦々《たんたん》と過ぎていく。寮から工場に出勤し、目と腰を痛めながらボルトをチェックし続ける毎日。帰りに公園に寄り、ちーからささやかな温もりを分け与えてもらう。だがあるとき、そのちーが出てこなかった。野良猫だから、どこかに行っていても不思議はない。それはわかっていても、猫にまで見捨てられたように感じて寂しかった。

翌日、午前中の仕事を終えた昼休みのことだった。義博がコンビニでおにぎりを買って帰ると、何人かが休憩室のテーブルを囲んで談笑していた。輪の中には、川崎もいる。川崎は親分肌なので、いつも座の中心にいた。義博はテーブルの隅にひっそりと腰を下ろし、話の内容に耳を傾けた。

「それにしてもさぁ、三十を過ぎるとがくっと体力が落ちるって言うけど、三十五でも来るぜ。なんか今日も、朝から肩が重くってさ。肩凝りなんて経験したことなかったのに、参るぜ」

妻の手製の弁当を食べ終えた川崎が、首を左右に倒しながらそうぼやいた。眼精疲労、腰痛とともに、肩凝りは工員たちの慢性的な悩みである。三十五を過ぎるまで肩凝りと無縁でいたなら、川崎はむしろ恵まれているとも言えた。

「朝からって、今日になって急に肩が重いんですか？」

川崎の向かいにいる男が、へらへらとした口調で問い返す。失敗ばかりを繰り返し、いつも正社員に怒られているが、いっこうに応えた様子がない神経の太い男だった。川崎は顔を歪めて、「そうなんだよ」と認める。

「寝違えたかなぁ。なんか、この辺が痛いんだ」

首の付け根を指で押しながら、川崎は嘆く。それに対して、調子のいい男が妙な茶々を入れた。

「今日になっていきなりなら、猫の祟《たた》りじゃないんですか」

「えっ、何言ってんだ、馬鹿」

慌てた様子で、川崎が咎めた。一瞬、ちらりと視線をこちらに向ける。それが気になり、義博はおにぎりを包装フィルムの上に置いた。なにやら不吉な予感がしてならなかった。

「猫の祟りって、どういう意味ですか」

言葉はなぜか、スムーズに出た。目が大きく開き、瞬きができなくなる。川崎を凝視したまま、徐々に腰が上がった。テーブルに手をついて、身を乗り出していた。

川崎はばつが悪そうな顔をしたが、覚悟を決めたようでもあった。義博の視線を正面から受け止め、ひとつ頷く。「実は」と切り出した声は、ふだんより硬かった。

「昨日の出勤途中に、車で猫を轢《ひ》いちまったんだ。急に飛び出してきたから、よけられなかった。完全に死んでた」

「ど、ど、ど、どこでですか」

問う義博に対し、川崎は場所を説明した。いつも仕事の帰りに寄る公園のそばだった。

「ちーだ――」

言葉を発した自覚がなかった。目の前が暗転して、何も見えなくなる。だからちーは、昨日の夜に出てこなかったのだ。おそらくちーの死体は、保健所がとっくに片づけていたのだろう。誰にも弔われることなく、死骸として処分されたのだ。あんなにも愛らしく、義博に懐いていたちーが、ゴミも同然に処分された。あまりの衝撃に、全身から力が抜けた。

「すまん、やっぱりお前がかわいがってた猫なのか。そうじゃないかと思ったんだが、言いにくくて――」

川崎の言い訳が耳から入ってきていたが、脳内で意味ある言葉に変換されなかった。ちーが死んだ、ちーが死んだ、ちーが死んだ。単純な一文だけが脳裏を乱舞し、頭蓋を裏側から叩く。なんとかこれを外に吐き出さなければ、何かが破裂してしまいそうだった。

「おれにはちーしかいなかったんですよ」

言葉にすると、感情が目許に集まり、水滴となって溢れた。どうしようもなく、激情が込み上げてならなかった。

「おれのたったひとつの心のよりどころだったんだ。それを川崎さんは殺した。返してくれ。ちーを返してくれ！」

川崎に対して、こんな口を利いたことはなかった。血相を変えて怒鳴る義博に、川崎も他の者たちも啞然としている。義博は両手の拳を握り締め、震えていた。全身に力を込めないと、激情が体を衝き動かしそうだった。

「悪かったとは思ってるよ。でも、突然飛び出してくるからどうにもならなかったんだ。おれだって殺すつもりで――」

「ちーを返せ！」

両手の拳を、テーブルの天板に叩きつけた。テーブルが揺れ、置いてあったペットボトルが何本も倒れた。こぼれた液体が坐っている者たちの膝や弁当にかかり、「うわっ」「なんだよ」と声が上がる。その場にいた全員の顔に、非難の色が浮かんだ。

「小村、川崎さんは謝ってるじゃないか。たかが野良猫一匹くらいで、がたがた言うな」

「猫なんかより、おれの弁当の方が大事だよ。どうしてくれるんだよ、これ」

皆がいっせいに、義博の態度を責め立てる。川崎もまた、義博が皆に迷惑をかけたことに腹を立てたようだった。

「猫を轢いたことは謝るが、お前もみんなに謝れ。猫一匹のことで、職場の雰囲気を壊すんじゃねえぞ」

謝ると言いながらも、川崎は頭ひとつ下げなかった。ちーの価値を軽んじている証拠だ、と義博は思った。激情はまだ、体の内部にとどまっている。口を開けば、その場にいる全員を罵《ののし》ってしまいそうだった。だから何も言わずに、もう一度テーブルの天板を殴って休憩室を出た。トイレの個室に籠り、昼休み終了のチャイムが鳴るまで出なかった。

午後の仕事は、いつもどおりに機械的にこなした。夕方六時に遅番の人と交替すると、川崎が寄ってきた。義博の肩に手を置き、「なあ」と話しかける。

「本当にすまなかったと思ってるよ。でも、こんなことでお前が職場で浮いちゃうのは本当に申し訳ない。おれはお前の気が済むまで謝るから、お前もみんなに頭を下げておけ」

川崎らしい取りなしだと思った。それでも、義博は素直に応じられなかった。川崎の手を払いのけ、歩き出す。ふだんはおとなしい義博の非礼に、川崎は最初驚いていたが、やがて腹を立てたのか「勝手にしろ」と吐き捨てた。義博は振り返らなかった。

工場を出て、公園に行った。植え込みに向かってちーの名を呼んでも、応じる声はない。ちーはもう、遠いところに行ってしまったのだ。《みどりん》はそもそも最初から手が届かず、目をかけてくれていた川崎の手も払いのけ、絶対に裏切らないはずだったちーもまた去った。これでもう、本当の意味でひとりになった。足の先から、どうしようもない悪寒が這い上がってくるような孤独。その場でくずおれ、地面に両手をついて嗚咽《おえつ》を漏らした。ちーのために、このまま永遠に泣き続けたいとすら思った。

寮に帰り、スマートフォンで高速バスの席を取った。《みどりん》

に会いに行く際に使った路線だから、勝手がわかる。運よく空きがあり、ためらいなく購入ボタンを押した。思考が一点に固着し、感情が麻痺していた。

ひと晩を寝ずに過ごし、寮の他の者たちが起き出す前に出発した。手紙も残さなかった。言い残す言葉がなかったし、そもそも何かを伝えたい相手もいなかった。孤独は人を強くする。ちーを喪《うしな》った今、勇気はいくらでも湧いてきた。

バスに乗り、三時間半の行程の末に新宿の摩天楼群が見えてきた。その景色を目にしても、《みどりん》と過ごした一日の思い出は甦ってこない。麻痺した心は、楽しかった記憶も必要としない。バスを降り、わずかな荷物を入れたリュックサックを背負って歩き出した。

特に当てがあったわけではなく、ただ超高層ビル街の方へと足を向けた。朝なので、ビジネスマンやＯＬが忙《せわ》しげに行き交っている。そんな中を歩く自分を場違いに感じながら、左右を見回した。考えはまだまとまっていない。

目に留まるものがないままに、超高層ビル街を抜けてしまった。しかし、社会から弾き出されている実感は充分に味わえた。ビジネスマンたちと自分は、明らかに住む世界が違った。怒りが静かに沈殿していく。すれ違った人たち全員が、敵に思えた。

少し歩くと、大きな公園に行き当たった。公園には用がない。そう思ったが、早くも歩き疲れたので中に入っていった。そこは広場になっていて、奥に人工の滝が見える。広場に面したベンチに坐り、どこにも焦点を結ばない視線を前方に向けた。

何もできないまま、ただ無為に時間を過ごした。己の無力に腹が立った。いつまでこうしている気か。まさか、東京の空気を吸っただけで工場に帰っていくのか。そんなことはできない。おれは待っているのだ。その瞬間が訪れるのを。必ずやってくると、義博は確信していた。

視野の隅で、動きがあった。路上にトラックが停まり、そこから人が降りてきた。出てきた人は急ぎ足で、義博の背後を通り過ぎていく。なんとなく目で追うと、その人が向かう先には公衆トイレがあった。自分の意思とは関わりなく、勝手に体が動いたように感じた。立ち上がり、路上に停まっているトラックに近づく。廃品回収業のトラックらしく、家電や家具などが雑多に積んであった。

後部を回り込んで、運転席側を覗いた。運転手はよほど急いでいたのか、キーが差したままになっていた。だが義博はそれを意外に思わず、むしろ当然のことと受け取った。ああ、これに乗ればいいのか。そんなふうに考え、ドアを開けた。運転席に坐ると、すべてが収まるべきところに収まったように思えた。

運転免許証は持っていないが、どうすれば車が動くかくらいは知っている。キーに手をかけて捻《ひね》ると、エンジンがかかった。サイドブレーキを外して、アクセルを踏み込む。トラックは動き出した。

ウインカーを出し、右折して超高層ビル街に戻った。不意に、ちくわをあげると喜んで食べていたちーの姿が脳裏に浮かんだ。ちーと戯れていた幸せな日々を思い出すと、心が和む。全身が温かい光に包まれていくかのようだった。

ハンドルを切り、歩道に乗り上げた。ブレーキはかけず、むしろアクセルを踏んで加速する。目の前には、ビルの一階に入っている店のウィンドウがあった。ちーに会いたい、と義博は思った。

二宮麻衣子の場合

I

二宮麻衣子の場合

金縛りに遭ったかのようだった。

兎は鉄砲の音を聞いただけで動けなくなることがあるという。このときの麻衣子《まいこ》は、まさにそんな状態だった。背後から聞こえた音があまりに大きかったため、その場で立ち竦《すく》んで動けなくなる。首を動かして背後を見るだけでいいのに、たったそれだけのことができない。音が残響となって耳の中に残り、いつまでも麻衣子を縛りつけるかに思えた。

動けたのは、周囲が活動を再開したためだった。時間が止まっていたのは麻衣子だけでなく、この一帯すべてだった。非日常的な事態が起きたとき、人はすぐには反応できずに固まるようだ。だが誰かひとりが動き出せば、つられて周りも金縛りから解放される。麻衣子は体ごと振り返り、信じられない光景を見た。

トラックがビルの一階に突っ込んでいた。トラックの周りには弾き飛ばされたらしき人たちが倒れていて、低い呻《うめ》き声が聞こえる。だが中にはぴくりともせず、その周囲に赤黒い液体が広がりつつある人もいた。血なのだろうが、想像よりずっと黒くて何か違うものではないかと思えてしまう。あまりに異常な光景に、脳が理解を拒絶していた。

「救急車！」

誰かが叫んで、トラックに走り寄った。血を流して倒れている人の傍らに跪《ひざまず》き、顔を覗き込んでいる。そして周囲を見渡すと、再度大きい声で命じた。

「救急車を呼んでください！　それからそこのコンビニで止血用の包帯を！　ＡＥＤもあったら持ってきて！」

てきぱきと指示するのは、麻衣子と同じ年格好の男性だった。顔に見憶えがあると思ったが、深く考えている暇はない。コンビニに行けと自分が命じられたように感じて、店に飛び込んだ。目についた包帯を全部摑《つか》んでレジに持っていくと、「お代はいいから」と店員に言われた。

店の外に出て、驚いた。怪我人に寄り添っている人もいるが、大半の人はただ傍観しているだけなのだ。「事故か？」「テロ？」などと、交わしている言葉が断片的に耳に入ってくる。中には携帯電話で事故現場を撮影している人もいた。

麻衣子は傍観者たちから目を逸らし、指示を出した人のそばに駆け寄った。プラスティックケースから包帯を取り出して、渡す。男性は怪我人の首筋を押さえていた。「すまない」と言って受け取ったものの、すぐには使おうとしなかった。

「駄目だ。出血が多すぎる。どこを押さえれば血が止まるのかわからない。あんた、わかるか？」

男性は麻衣子にそう問いかけてきた。てっきり救急医療の知識があるものだと思っていたので、唖然とする。だが、何もせずに事故の様子を撮影している人よりはずっといい。おそらく男性は、考えるよりも先に行動していたのだろう。

「あたしもわからないです」

「お医者さんはいませんか！　いなかったら近くの診療所から呼んできて！」

麻衣子の返事に相槌を打つ暇も惜しんで、男性は周囲に呼びかけた。しかし名乗り出る人はいない。麻衣子は隣のビルに内科の診療所があったことを思い出した。自分が行くしかないと、腹を括《くく》る。

「あたしが呼んできます」

「頼む」

男性は短く言って、また怪我人に目を戻した。怪我人は二十代半ばほどの女性で、顔色が蒼白だった。息をしているのかどうかもわからない。頭から出血しているらしいが、傷口がどこかも判然としなかった。男性は首筋の血管を押さえ、なんとか出血量を減らそうとしているようだった。

「包帯は他の人にも」

男性は顎《あご》をしゃくる。そちらにもまた、出血している人がいた。だが動けないわけではなく、自分で頭部を押さえて体を丸めている。その人には別の男性がついていて傷口を押さえてあげているので、これを使ってくれと言い添えて残りの包帯を渡した。

トラックが突っ込んだのは、このビルの一階の店舗だった。サンドイッチを食べさせるファストフード店で、道に面した側が全面ガラス張りになっている。そこにトラックが突っ込んだので、ガラスは粉々になっていた。周囲に破片が飛び散り、血の色が交じり、凄惨な光景を生み出している。麻衣子も膝をついたときにガラスで切ったのか血が出ているが、痛みはまるで感じなかった。

ざっと見たところ、怪我をしたのは五、六人だった。心ある人々が、それぞれに介抱している。対して傍観者は、十人ほどか。騒ぎを聞いてさらに人が集まってきている。手を貸さずに撮影をしている人も、先ほどより増えていた。

いやなものを見てしまった。事故自体はかなり悲惨だが、それよりももっと目を背けたいものがここにあると感じ、麻衣子は隣のビルへと駆け出した。

2

診療所の医者を連れて戻り、応急手当を任せ、怪我人が全員救急車で搬送されていくのを見送った。最初に指示に応じた縁で、真っ先に怪我人に駆け寄った男性とそのままずっと一緒にいた。最後の一台の救急車が発進するのを見届けて、ようやくひと息つく。男性が「お疲れ様」と声をかけてくれた。

「お疲れ様でした」

頭を下げて、改めて男性を見た。今頃気づいたが、男性はかなり厳つい顔をしていた。一見したところ、まるでヤクザのようだ。眉が細く、目つきが鋭く、頬骨が尖《とが》っている。道で向こうからやってきたら、なるべく遠く離れてすれ違うだろう。だがそんな顔には、やはりどこかで見かけたような記憶があった。

男性はスーツを着ていたが、上着もYシャツも血塗《ちまみ》れだった。仕事の途中だったのなら、このままではとても戻れない。麻衣子もスカートに血がついてしまったものの、目立つほどではなかった。自分の服ならかなり悲しいが、幸いにも制服なので心は痛まない。

「スーツ、ひどいことになっちゃいましたね」

男性の見かけは怖かったが、自分の服が汚れるのも厭《いと》わず人助けに走った行動には感銘を覚えていた。だから身を遠ざけたりはせず、同情を込めて話しかけた。ただ見ているだけの人が多かったのは、服が汚れるのを恐れたからかもしれないと気づいた。

「えっ、ああ、こりゃ参ったな」

言われてようやく気づいたのか、男性は自分の体を見下ろして慨嘆した。「どうしよう」と呟いている。麻衣子も何もできないが、一応アドバイスだけはしておいた。

「水洗いしておいた方がいいですよ。ざっと洗って、クリーニングに出すしかないですね」

「そうだなぁ。今日はこのスーツは諦めて、安いのを一着買うか。参ったぜ」

男性は口をへの字に曲げたが、さほど深刻そうではなかった。自分の服などより、怪我人たちの安否が気になるといった様子だ。特に頭から血を流していた女性は、素人目にはかなり重傷に見えた。この男性がここまでして介抱したのだから、なんとか助かって欲しいと祈った。

「じゃ」

男性は軽く手を挙げ、歩き出した。麻衣子も仕事の途中だったので、職場へと向かう。方向が一緒のため、男性の後についていく格好になった。

新宿のオフィス街だから、向かう方向が同じでも不思議はなかった。だが男性はいっこうに麻衣子の視界から消えず、ずっと前方にいる。そのうちようやくビルに入っていったかと思うと、そこは麻衣子が目指す場所でもあった。

そのときになってようやく、男性の素性に気づいた。ヘイトさんだ。

思わず麻衣子はひとりごちていた。

3

「ヘイトさんもああ見えて、いいところあるんですね」

後輩の美香《みか》は、そんな感想を漏らした。「ああ見えて」とはひと言よけいのようだが、そう言いたくなるのはわかる。何しろ外見は、とてもまともな社会人には見えない強面《こわもて》なのだ。先ほどのような非常時でなければ、絶対に自分から話しかけたりはしなかっただろうと麻衣子も思う。

「いいところなんてもんじゃないわよ。だって、見てるだけで何もしない人もたくさんいたのよ。信じられない。服が血で汚れるのをいやがったんじゃないかと思うんだけどさ、大怪我して倒れている人を目の前にして、そんなこと気にするかなぁ」

改めて思い出すと、傍観者たちに怒りが込み上げてきた。彼らは撮った写真や動画を、ＳＮＳに流すのだろう。中には怪我人の顔をしっかり撮影している人もいたに違いない。そんな姿を世界に向けて勝手に公開される側の気持ちを、彼らはまるで考えないのだろうか。彼らと自分たちの間には何か決定的な断絶があるように思え、怒りと同時に怖気《おぞけ》も覚えた。

「いやまあ、服が汚れるというのも理由のひとつかもしれないけど、とっさに体が動かない人も多いと思いますよ」

美香は傍観者たちを庇《かば》うのではなく、単に思いついたことを口にしているだけといった淡々とした口調だった。言いたいことはわかるものの、麻衣子は納得できずに訊き返す。

「どういうこと？」

「そういうときにすぐ助けに入れる人の方が特別なんじゃないですかね。普通はどうしていいかわからずにおたおたしているうちに、手を出す余地がなくなっちゃってただ傍観する、ってことになるんですよ。あたしもたぶん、そう」

言われてみれば、麻衣子自身もヘイトさんが真っ先に動いたからこそ、手当てに走れたような気がする。自分だけならあそこまで的確に動けたかどうか。いや、仮におたおたしたとしても、事故の様子をのんびり撮影するような真似はしない。やはりあれは、どう考えても鈍感な行為でしかない。

「そうだとしても、携帯で撮影はひどいんじゃない？　なんか、すごく非人間的な感じがした」

「うーん、そうですねぇ。まあ、どんなことでも記録するのは大事だという考え方はあると思いますけど、麻衣子さんの気持ちはわかります」

美香はふたつ年下だが、直情径行型ですぐに頭に血が上る麻衣子よりもずっと、考え方が成熟している。考えてもみなかった角度からの発想を提示され、感心することもしばしばだった。今も同じで、記録することの意義など麻衣子の念頭にはまったくなかったから驚いた。

それでもやはり、自分が覚えたいやな感覚は否定できなかった。

「なんかね、腹が立ったのよ。あたしが怒ったって、なんにもならないんだけど」

冷静な美香に対して、恥ずかしいほど感情的なことしか言えなかった。しかしそれに応じる美香は、なにやら急にニヤニヤし始める。

「麻衣子さん、けっこうヘイトさんと気が合うんじゃないですか」

「えっ、ヘイトさんと？」

ヘイトさんは社内のちょっとした有名人だった。顔のせいではない。性格がいささかエキセントリックと思われているのだ。これまで直接顔を合わせたことはなかったから詳しいことは知らないが、噂によると日頃の主張が強烈なせいで職場では浮いているらしい。煙たがられ、苦笑され、遠巻きにされている人という印象が、ヘイトさんにはあった。

「ヘイトさんって、曲がったことが大嫌いなんでしょ。口ばっかりの人なら鬱陶《うっとう》しいだけですけど、大事故が起きたときにスーツが汚れるのもかまわず怪我人を助けるなんて、立派じゃないですか。麻衣子さんと性格似てますよ」

「……うん」

奇矯《ききょう》な性格として知られる人物と似ていると言われるのはどこか不本意だが、ヘイトさんに共感を覚えたのは事実だった。見た目があまりにも怖いので損をしているだけで、実はいい人なのではないかと思う。とはいえ、入社以来一度も接点がなかった人に興味を抱いても、それが満たされる機会はおそらくないだろう。今後はせいぜい、あの強面を見かけたら少し注意を向ける程度だと麻衣子は考えた。

だがほどなく、ヘイトさんとふたたび言葉を交わす機会がやってきた。麻衣子はいつものようにオフィスで待機していて、かかってきた社内電話に出た。部署名に続けて「名取《なとり》です」と名乗られても、それがヘイトさんとは気づかなかった。このときまで麻衣子は、ヘイトさんの名字を知らなかったのだ。社内電話を切って階下に向かい、待っていた相手の顔を見てようやく「あ」と声が出た。

「あ、この前の」

向こうもすぐに、麻衣子に気づいた。こちらのことを憶えているとは思わなかったので、意外に感じる。改めて向き合っても、ヘイトさんの顔はヤクザそのものだった。歌舞伎町《かぶきちょう》を歩いていたら若いチンピラが挨拶に来たと冗談で言われているが、もしかしたら本当かもしれないと思えてくる。

「スーツ、どうしました？」

自然とその質問が出た。こんな恐ろしい顔をしている人に普通に話しかけていることを、面白く感じる。ヘイトさんの方が驚きが大きかったのか、一瞬きょとんとしてから「ああ」とようやく声を発した。

「言われたとおり、水洗いしてからクリーニングに出したから、綺麗になって戻ってきたよ。アドバイス、ありがとう」

ヘイトさんはぺこりと頭を下げた。女に頭を下げることにも、特に抵抗はないようだ。ますます見た目とのギャップが大きくなる。

「それにしても、同じ会社の人だったのか。奇遇だなぁ」

「はい、あたしもびっくりしました」

「この前の事故、結局亡くなった人がいたじゃないか。あれ、おれたちが止血してた人かもしれないな」

ニュースでは、死者が三人出たと報じられていた。そのうちのひとりは、二十代の若い女性だ。頭から血を流していたあの女性であっても、決して不思議ではなかった。

「亡くなった方がいたのは残念ですけど、ヘイトさん、あっ、名取さんの行動は立派だったと思います」

次に会うことがあったら賞賛の気持ちを伝えたいと考えていたのに、うっかり渾名《あだな》を口にしてしまった。ヘイトさんはそれを聞いて、ニヤリと笑う。

「ヘイトさんって、おれのことか」

「ごめんなさい。間違えました」

「いいよ。そう呼ばれてるのは知ってるからさ」

すぐに腹を立てる人という評判を聞いていたが、実際はまるで違った。やはり見た目で、勝手なイメージを持たれているのではないだろうか。

「これなんだけどさ、なんか急にマウスホイールが利かなくなっちゃったんだよ。ちょっと見てくれ」

ヘイトさんは無駄話を打ち切り、自分の机に麻衣子を呼び寄せた。マウスを触って、「ほら」と机上のディスプレイを示す。位置を代わってもらい、麻衣子も実際に触った。確かに、マウスホイールが反応しなかった。

「最近、何かソフトを入れました？」

「いいや、何も」

「ネットを見てて、指示されるままにプラグインを入れたとか？」

「何もしてない」

「そうですか。じゃあハード的故障かもしれませんね」

一度パソコンをシャットダウンし、持ってきたマウスと差し替えた。立ち上げてみると、今度はマウスホイールが機能している。やはりマウス自体の故障だったようだ。

「そうだったのか。じゃあ、これを機会に使いやすいのを買うかな。

何かお薦めはある？」

訊かれたので、持ってきたマウスを指差して「これが使いやすいですよ」と教える。ヘイトさんは素直に、製品名をメモした。

「ありがとう。助かったよ。また何か困ったことがあったら、そのときはよろしく」

気さくな口調で言って、ヘイトさんは軽く手を挙げた。「いつでもどうぞ」と麻衣子は応じて、自分のフロアに戻る。噂とはまったく違って、ヘイトさんはごく真っ当な人じゃないかと感じた。なぜ〝ヘイトさん〟などと呼ばれているのか、ますます興味を覚えた。

4

ヘイトさんという呼称を初めて聞いたとき〝平人〟という名前なのだろうと麻衣子は考えた。だが実際は、英語の“hate”だった。憎むという意味の動詞。ヘイトさんが憎む対象は、日本人だった。

噂では、ヘイトさんは大の日本人嫌いなのだそうだ。ことあるごとに日本人気質を批判し、周囲を辟易《へきえき》させる。議論になっても絶対に譲らず、頑固に自説を主張するのだという。終いに相手にされなくなり、職場の、いや会社の爪弾《つまはじ》き者になった。近寄らないようにしている人ならまだましで、ヘイトさんのことを心底嫌悪している人も少なくないと聞いていた。

そんな性格の上にヤクザ顔と来ては、あえて接近する物好きがいなかったのも当然だった。麻衣子もこれまで、そういう変人が社内にいるという知識はあっても、詳しく知りたいなどと考えたことはなかった。しかし縁あって接してみれば、噂には多分に悪意が混在していたことがわかった。おそらく、ヘイトさんを嫌う人がいるのは事実なのだろう。敵が複数いるのに対し、ヘイトさんは味方を作ろうとしなかったのではないか。ひとり対多数となれば、ひとりの分《ぶ》が悪くなるのは避けられないことである。数の論理は、どんなときでも暴力的だ。

そこまで考え、麻衣子は義憤を覚えた。ヘイトさんを嫌う人はどうせ、事故があっても助けに入らないタイプだろうと思った。

友達がおらず、理解者もなく、職場で孤立しているにもかかわらず、ヘイトさんは卑屈になっていなかった。そのことに麻衣子は感嘆する。もし自分が同じ立場だったら、かなり辛《つら》い。だからこそ、次に機会があったらもっといろいろ話をしたいと考えた。なぜ日本人を嫌うのか、彼の意見を聞いてみたかった。

美香が指摘したとおり、自分が正しいと思ったら周りの目など気にせず行動するという一面が、麻衣子にはある。大きく分ければ、ヘイトさんと同じ範疇に属する性格だろうと思う。だから仕事を終えてビルの外に出たとき、ヘイトさんを見かけてすぐに決断した。小走りに駆け寄り、後ろから声をかける。

「名取さん。お帰りですか」

「おお。えっと、ヘルプデスクの――」

振り返ったヘイトさんは、麻衣子の名前が思い出せないようだった。これを機会に憶えてくれよ、という気持ちを込めて、名乗る。

「二宮《にのみや》です」

「ああ、二宮さん、二宮さん。この前はどうも」

先日と同じように、ぺこりと頭を下げる。麻衣子も会釈して、横に並んで歩いた。

「マウス、買いました？」

「買った買った。あれ、いいな。訊いてよかったよ」

そう答えながらも、ヘイトさんは幾分戸惑い気味だった。なぜ麻衣子が声をかけたか、理由に見当がつかないからだろう。少しもじもじとした末に、尋ねてきた。

「ええとさ、おれ、こんなふうに社内の人に話しかけられることってないんだよね。嫌われ者だからさ。何か魂胆《こんたん》があるの？」

魂胆、と来た。よほど爪弾き状態に慣れてしまっているのだろう。同じ会社に勤めていれば、お喋《しゃべ》りをしながら歩くことくらい普通なのに。

「魂胆、と言えばまあ、魂胆はあります。なんで名取さんがヘイトさんなんて呼ばれてるのか、知りたいんですよ」

「評判聞いてないの？」

薄い眉を寄せて、困惑を表情に浮かべた。ヤクザ顔がそんな情けない表情をすると、ちょっと愛嬌がある。

「評判なんて、しょせん人づてじゃないですか。本当のことかどうか、わかりませんから」

「まあ、そうだけど。あんた、物好きだね」

「そうなんです」

確かに、物好きとしか言いようがないと自分でも思う。おそらくこんなふうに並んで歩いていたら、明日には面白おかしく話題にされるだろう。それがわかっていてもヘイトさんに関わるのだから、物好き以外の何物でもない。

「噂では、日本人が大嫌いだって聞きましたけど、本当ですか」

単刀直入に尋ねた。持って回った言い方をしても意味がないし、そもそも好きではない。ヘイトさんは麻衣子の直截《ちょくせつ》な物言いに、また面食らっている。

「別に、日本国籍の人全員が嫌いってわけじゃないぜ。日本人にいいところがたくさんあるのはわかるけど、いやな面もあるってだけだよ」

「例えば、大事故が起きても怪我人を助けようとせず、ただ傍観してるだけの人、とか？」

「ああ、そんな感じだな。つまりあんたは、おれが嫌いなタイプの日本人じゃないってことだ」

なるほど。この短いやり取りで、なんとなく腑《ふ》に落ちた感があった。

だからこそ、もっと聞きたいと思った。

「名取さん、この後何か用があるんですか？　もし空いてるなら、ちょっと飲みに行きませんか？」

「えっ」

麻衣子の誘いは心底意外だったらしく、ヘイトさんは目を見開いて絶句し、立ち止まってしまった。麻衣子も苦笑しつつ足を止め、つけ加える。

「誤解しないで欲しいんですけど、何か下心があるとか、男性としての名取さんに興味があるってわけじゃないですからね。ネズミ講の誘いでもないです。日本人のどんなところが嫌いなのか、詳しく聞かせて欲しいんですよ」

「……ああ、そう。あんた、ホントに変わり者だね」

「それほどでもないです」

一応否定はしたが、まあ変わり者だよなぁと心の中でひとりごちた。

ただ、変わり者という点ではヘイトさんも同じだ。似た者としての匂いを嗅《か》ぎ取ったからこそ、こんな立ち話ではなくゆっくり意見を聞いてみたいのだった。

「まあ、最初にそこまではっきり言ってもらうと、こっちも気が楽だわな。じゃあ、少し飲みに行くか」

「ええ」

頷いた麻衣子の頬《ほお》には、自然に笑みが浮かんでいた。なんだか面白いことになりそうだ、という予感がした。

5

「さっきも言ったけど、おれは日本人の国民性全部を否定したいわけじゃないんだ。いいところもたくさんあるとわかってるよ。だからこそ、いやな面をなくしたいんだ。ともかく、その点だけは誤解しないでくれ」

駅に近い手頃な居酒屋に入り、注文を終えると、ヘイトさんは真っ先にそう言った。これまでさんざん誤解されてきて、前置きすることを学習したようだ。ヘイトさんがなかなか理解者を得られない現状が、そんな前置きから垣間見えた。本人の性格のせいも、大いにあるのだろうが。

「わかりました。あたしも常日頃、いやだなと感じることが多いですから、名取さんが言いたいことはわかると思います」

「おっ、そうか。あんたはこうやっておれを飲みに誘うくらいの変わり者だからな、右へ倣《なら》えが大好きな日本人とは違うんだろう」

さっそく刺々《とげとげ》しい言葉が出てきた。こんな表現を聞いたら、カチンと来る人もいるに違いない。横並び意識が強い、とでも言えばいいのに、右へ倣えが大好き、ではいささか悪意がある。

「他人と同じことをする人が嫌いなんですか」

確認すると、ヘイトさんは「いや」と首を振った。

「それは各自の個性だから、否定する気はない。被災地にボランティアに行ったり、募金したりするのは、たとえ右へ倣えだとしてもいいことじゃないか。おれが嫌いなのは、何も考えない人なんだ」

「何も考えない人？」

「ああ。例えば、日本人は車が来てないのに赤信号だと横断歩道を渡らない、と外国人に嗤《わら》われるじゃないか。それはきっと滑稽なんだろうよ。でも、社会のルールを守っているという意味ではすごくいいことだ。なら、どんなことでもくそ真面目に徹底して守れよとおれは言いたい。優先席のそばでは携帯電話の電源を切りましょうというのが社会のルールなのに、たいていの人は守らないだろ。おかしいじゃないか」

「そうですね」

若い人が優先席に堂々と坐り、その上携帯電話をいじっている姿は、麻衣子も苦々しく思っていた。おそらくそういう人は、なぜ携帯電話の電源を切らなければならないのか、考えてみたこともないのだろう。

「ルールだからと、思考停止して守るのは滑稽なことだ。でも、滑稽なら滑稽で貫きとおせばそれは美点なんだよ。一方で、みんなが平気でルールを無視している。それはなんでかと言うと、考えてないからだよ。車が来てないのに信号が青になるのをなぜ待つのか考えないように、優先席のそばでは携帯電話の電源をなぜ切らなければならないのか考えてみようともしない。考えないのは、日本人のすごく駄目なところだとおれは思う」

「思考停止かぁ」

まだヘイトさんの言わんとすることを完全に理解したわけではないが、朧《おぼろ》げに方向性は見えてきた気がした。世の中の事象を特に疑問もなく受け入れている人と、いちいち検証している人の数を比べれば、前者の方が圧倒的に多いのは間違いない。そして数少ない後者は、疑問を持たない人におそらく苛立《いらだ》ちを覚えるのだろう。ヘイトさんは日本人を憎んでいるのではなく、もどかしく思っているのだ。

「出る杭は打たれる、なんて言い回しがあるくらいで、日本人は目立たないことを美徳と考える風潮があるだろ」ヘイトさんはビールに口もつけずに続ける。「おれはそれにも異論があるけど、お国柄として容認できなくもない。問題は、他の人と同じでいることがイコール思考停止になっちゃってることだ。そりゃあ、隣の人と同じことをしていればいいなら、頭を使わないよな。きっと大半の人は、頭を使ってないという自覚もないぞ」

頭を使ってない、という表現で、麻衣子は瞬時に幾人もの社内の人間の顔を思い浮かべた。いい大学を出て、社内でいいポジションを得てはいるが、毎日を大過なく過ごすことにばかり神経を磨り減らし、出る杭になることを極度に恐れる人たち。それらの人々はたいてい、自分は優れた人間だと思っている。頭のよさを自負している人にしてみれば、ヘイトさんの指摘は相当腹立たしいだろう。これは社内で嫌われるわけだ、と麻衣子は得心した。

「言われてみれば、日常生活では意外に頭は使わないかもしれませんね」

自分は例外だ、とは麻衣子は思えなかった。仕事をする上では、もちろん頭を使っている。だがそれは強いられているからであって、自主的にではない。いったん仕事を離れたら、果たしてどれだけ考えながら生きているだろうか。かなり心許なかった。

「そうなんだよ。頭は意識して使おうとしないと、案外使ってないものなんだ。でも使ってないことにすら気づいていないから、おれがこういうことを言うとほとんどの人は怒る。で、おれは嫌われ者になるわけだ」

「人は、正論を言われると腹が立つものですよ」

つまらないことを言っている自覚はあるが、ヘイトさんがかわいそうに思え、言わずにはいられなかった。常に正論を口にする者は嫌われる。嫌う側の気持ちは、麻衣子も凡人だからわかる。しかし、正しいことを言うからと嫌われるのは憐れだ。そういう人に、ひとりくらい理解者がいてもいいのではと考えた。

「おれの言い方が悪い、と言いたいんだろ。そんなこと、これまでさんざん忠告されたよ」

わかったふうな麻衣子の言葉に腹を立てるわけでもなく、むしろ意気消沈気味にヘイトさんは言った。ビールのジョッキをようやく呷《あお》ってから、つけ加える。

「でも、こういう性格に生まれついちゃったからさ。どうにもならないんだよ」

「いやなんですか、自分の性格？」

直したいと思っているのに直せずにいるなら、それは悲劇だ。ただ、人間関係に疲れて自分の意見を枉《ま》げるような真似は、して欲しくなかった。一本筋の通ったヘイトさんの物言いは、麻衣子には貴重に思えた。

「いやじゃないよ。昔からだから、嫌われるのには慣れてるしな。むしろこんなふうに、女の子とふたりで飲むなんてことには慣れてないから、緊張してるけどさ」

「うそ、ぜんぜん緊張してるようには見えないですよ」

「誤解されやすいタイプなのさ」

思いがけない軽口に、つい笑ってしまった。ヤクザみたいな強面でも、ユーモア感覚はあるらしい。世の中の大半の人にとっては付き合いづらい人物なのだろうが、どうやら麻衣子にとってはそうでもなさそうだった。

「ところで、こんな話聞いてて楽しいか？　誘わなきゃよかったと、心の中で後悔してるだろ。いやなら帰ってくれていいんだぞ。ここはおれが奢《おご》るから」

　ヘイトさんは不意に真顔になると、麻衣子から目を逸らしてぼそりと言った。そんなことを気にしているのかと、軽く驚く。本当に人付き合いに慣れていないのだなと、改めて実感した。

「後悔なんてしてませんよ。楽しいです。他に、日本人のどんなところが駄目だと思いますか？」

　先を促すと、ヘイトさんは虚を衝かれた顔をし、半ば呆れ気味の声を出した。

「あんた、ホントに変わってるな。社内にこんな変な奴がいるとは、知らなかったよ」

「ヘイトさんほどじゃないですよ」

また〝ヘイトさん〟と呼んでしまったが、今度は訂正しなかった。〝名取さん〟よりも、よほどしっくり来る。ヘイトさんもそう呼ばれても不愉快ではなかったらしく、麻衣子の顔をまじまじと見てから笑った。麻衣子も一緒に笑うと、なにやら愉快になってきた。

ふたりして笑っていると、笑いすぎたのかヘイトさんが咳き込んだ。そんなにおかしいかと思いながら見ていたが、なかなか咳が止まらない。そのうち心配になって身を乗り出したら、ヘイトさんは手を挙げて「大丈夫大丈夫」と言った。

「軽い喘息なんだ。大したことないから、気にしないでくれ」

「お酒飲んでいいんですか？　たばこは吸わないんですね」

「ああ。こう見えて真面目なんで、生まれてこの方たばこは一本も吸ったことがない」

「似合わないこと言いますねー」

ずけずけと言ってやると、「あんたも顔に似合わず、口が悪いな」と言い返された。いい関係が築けそうな予感がして、麻衣子は嬉しかった。

6

「昨日、麻衣子さんがヘイトさんと歩いてたって話を聞いたんですけど、本当ですか」

昼休みに弁当を食べていると、どこで聞いたか美香がそんなことを問いかけてきた。やはり噂は早い。隠す気がなく、周囲に社員の目があるのをわかっていて話しかけたのだから、噂になるのは覚悟の上だったが。

「本当よ。歩いてただけじゃなくて、一緒に飲みに行ったし」

「えーっ！」

正直に言ったら、目玉を飛び出させんばかりに目を見開いて、美香は驚いた。大袈裟な、と麻衣子は思うが、ヘイトさんの社内で置かれた位置を考えるとわからないでもない。

「どど、どういうことですか。無理矢理誘われたんですか」

「あたしが無理矢理誘ったの」

「えええええっ」

実は天動説こそ正しかった、という珍説でも聞いたかのような仰天ぶりだ。まさに絶句したらしく、なかなか次の言葉を発しようとしない。面倒なので、無視して弁当を食べ続けた。

「——麻衣子さん、ヘイトさんと付き合う気ですか」

訊いてはならないことを訊く態度で、美香は恐る恐る尋ねてくる。その様子があまりに腰が引けているので、麻衣子は思わず笑ってしまった。

「冗談。なんで一度飲んだだけでそうなるのよ。ちょっと話を聞いてみたかっただけ」

「あー、そうですか。よかったー」

美香は胸に手を当て、大きく安堵の息をつく。一方的に言われるのも癪《しやく》なので、麻衣子も言い返してやった。

「なんであなたがそんなに安心するのよ」

「だって、よりによってヘイトさんなんて、趣味が悪いにもほどがあるじゃないですか。それくらいなら、悪い宗教にでも嵌《はま》った方がよっぽどましですよ。他人事《ひとごと》ながら気になります」

ひどい言われようだ。美香はヘイトさんと言葉を交わしたことがあるわけではないから、この物言いは純粋に偏見である。いや、ヘイトさんの容姿だけを見て言っているのかもしれないが、それならば納得できなくもない。だから麻衣子は苦笑するだけにとどめておいた。

「でも、なんでヘイトさんなんですか？　あたしが、ヘイトさんと気が合うんじゃないかなんて言ったから、興味を持っちゃったんですか」

美香は本気で責任を感じているかのように、上目遣いでこちらを見る。そんな後輩を少しからかってやるつもりで、「まあ、そうかもね」と認めた。

「美香ちゃんの推薦があったから、一度ちゃんと話をしてみようかと思ったのよ」

「うそー。麻衣子さんがヘイトさんと付き合いだしたら、あたしのせいですかぁ」

「そんなことは天地がひっくり返ってもあり得ないから、安心して」

実際、ヘイトさんとの会話は楽しかったが、それは主に知的好奇心を刺激されたからだった。異性とのふたりだけの時間を楽しむ気持ちは、かけらもなかった。こう言っては悪いが、やはりあの恐ろしい顔を恋愛対象として見るのはかなり難しい。加えて、口を開けば棘《とげ》のある物言いが飛び出すと来ては、ロマンティックな気分になどなるはずがなかった。向こうも変に誤解した気配はなかったので、麻衣子としては気が楽だった。

その後は特にヘイトさんの方からの接触もなかったので、顔を見ない日々が続いた。あの夜のことは単に、社内の変わり者と一度飲んでみたという経験だけに終わるかと思っていた。だがあるとき、腹が立つことが起きた。麻衣子に直接関わることではない。むしろ、まったく縁遠い世界の話である。それでも麻衣子は腹立ちを抑えきれず、ヘイトさんとのやり取りを思い出した。これもまた日本人のいやな面だ、と嫌悪感を覚えつつ考えた。

ひとりの芸能人が、テレビで失言をした。高齢出産になると奇形児が生まれる可能性が高くなるから、自分は早く産みたいと言ったのだ。それは確かに配慮に欠けた発言で、該当する世の女性が怒っても仕方のないことではあった。芸能人は素早く謝罪をしたが、主にインターネット上で大騒ぎになった。その芸能人を糾弾、罵倒する声が溢れんばかりに沸き起こったのだった。

麻衣子自身、結婚するかどうかはわからないし、仮に結婚したとしてもかなり晩婚になるだろうと思っている。子供を産むなら、高齢出産になるのは避けられない。だから芸能人の発言は不愉快だし、実際に高齢出産と認定される年齢だったら怒り狂っているかもしれないと思う。それでも芸能人は謝罪をしているのであり、女性なら頭の片隅にあることは否定できない本音でもある。もうちょっと考えて発言しようね、と呆れ交じりにひと言言ってやれば済む程度のことではないだろうか。

だがネット上では、日本国民全員がその芸能人を糾弾しているかのようだった。麻衣子は特に興味があったわけではないが、検索サイトのネットニュースについたコメントを見て驚いた。その芸能人の人格も、人生も、存在意義すら否定する発言が並んでいたのだ。まさに〝断罪〟といった論調で。

この不寛容さはいったいなんだろうか、と麻衣子は思った。条件に該当する女性が怒るのなら、まだわかる。だが非難している声の中には、明らかに男性とわかる人も少なくなかった。それらの人は、〝正義感〟から芸能人の〝罪〟を指摘しているのだった。常識の側に立った、真っ当な意見の持ち主として。

しかしそういう人たちは、ひとりの人間を大勢で寄ってたかって非難する醜悪さにはまるで気づいていない。その芸能人を断罪するのは正義の振る舞いであり、ためらう理由などまったくないと思っている。この一致団結ぶり、容赦のなさが麻衣子には恐ろしく、また腹立たしかった。ほとんど衝動的に、ヘイトさんにメールを送っていた。

〈高齢出産のことで失言した芸能人が人非人扱いされてるの、知ってます？　あたし、ものすごく腹が立つんですけど〉

メールを送るのは初めてなのに、いきなりこんな話題で呆れられるかと思った。だが返ってきたメールは、ヘイトさんも同じ気持ちであることを綴っていた。

〈おれも腹立ってた。まさに右へ倣えだな。いかにも日本人的だよ〉

メールでのやり取りがもどかしかった。先日のような調子で、非難する人たちの付和雷同ぶりを切り捨てて欲しかった。麻衣子は気持ちのままに、誘いのメールを送った。

〈明日の夜、空いてます？　また飲みません？〉

〈ああ、いいよ〉

あっさり決まった。構えずに誘えて、簡単に応じてくれる関係が心地よかった。

「あれもおれに言わせれば、思考停止なんだよ。物事をいいか悪いかでしか判断できないから、悪い人には何を言ってもいいという発想になる。自分になんの権利があって糾弾するのかなんてことは、まるで考えないいんだ。いいことをしているとしか思ってないから」

翌日の夜に、会社帰りに居酒屋に行くと、ヘイトさんは最初から飛ばした。二度目ともなると、この遠慮のない物言いが小気味よく思えてくる。もっと言ってやれ、と麻衣子は内心で煽《あお》った。

「あたしはこれまで、義憤って美しいものだと思ってましたけど、違いますね。ものすごく醜い。あんた何様のつもり？　と言ってやりたいですよ」

麻衣子が合いの手を入れると、ヘイトさんは我が意を得たりとばかりにニヤリとする。

「おー、あんたも言うねぇ。そうそう、義憤はたちが悪いんだよ。何しろ義憤に駆られている人は正義だからな。善悪二元論でしか物事を捉えられない人が、世の中には本当に多いんだ。善か悪か、敵か味方か。判断はただそれだけ」

「日本人ってもともと、曖昧《あいまい》な態度とか玉虫色の決着とか、白黒つけないところが駄目だと言われてませんでした？　それなのにいつの間にか、白か黒かでしか考えられなくなってません？」

「日本人は本来、みんなでいっせいに同じ方向を向く民族だったと思うんだ。太平洋戦争なんて、まさにその結果だよな。で、戦後に反省して、断定や極論を避けるようになったんじゃないかな。でも戦争の記憶がすっかり薄らいだら、また本来の単純な価値観が表に出てきたんだとおれは睨《にら》んでいる」

「あー、単純な価値観。それだ！　あたしが腹立つのはそれ」

前回より麻衣子もリラックスしているので、口調がつい砕けたものになる。「それだ！」というところでヘイトさんを何度も指差し、同意を示した。

「ひと口に悪いと言っても、細かい段階があるじゃないですか。悪い奴は全員死刑、なんて考え方じゃ、あまりにも乱暴でしょ。でも、今ネットであの芸能人を責めてる人は、ともかく何を言ってもいいと思ってますよね。悪いことをした人間には、どんな言葉をぶつけてもかまわないと思ってる。その単純さが、見てて本当に頭に来るんだよなぁ」

心ある人ほど、わざわざネットで発言はしないのかもしれない。だから糾弾する人が多数派だとは、麻衣子も思いたくない。それでもたまに、芸能人を庇う発言をする人が袋叩きに遭っている様子を見ると、これは魔女狩りではないかと感じる。社会の鬱屈したパワーがそんなところに噴出しているようで、不気味でもあった。

「単純な価値観と、それからストレスの捌《は》け口なのかね。弱い立場の人や、絶対に反撃してこない人に対しては、徹底的に居丈高に接する奴は多いからな。ネットでそういう言動をする人も、実生活では弱い立場だったりするから根は深いよ」

麻衣子のテンションが高い分、今日はヘイトさんの方が冷静な論調だった。いつも怒っている人、という社内でのイメージは間違いなのだと、こうしてじかに話してみるとよくわかる。

「これもれっきとしたいじめですよね。攻撃していい相手を見つけたら、全員で足並み揃えて一斉攻撃する。庇った人も同罪で、やっぱり攻撃対象。社会全体がそういう空気なら、学校でのいじめがなくなるわけないいなぁ」

怒りのテンションが下がったわけではないが、話しているうちに絶望的な気持ちになってきて、気が滅入った。〝いじめ〟と表現して気づいたが、多数派と同調しないヘイトさんを爪弾きにするのも、間違いなくいじめである。遠い世界の話ではないのだった。

だったらあたしが、ヘイトさんの味方になろう。さして気負うことなく、麻衣子はそう決心した。毛色の違う者を弾き出す側にはつきたくない。それが自分にとって不利であっても、あたしは自分が正しいと思った側に立つ。ヘイトさんは物言い（と顔）で損をしているだけで、決して間違ってはいないのだ。あたしが支持しないで、誰が味方になるのか。

憤《いきどお》り交じりに決めたことだが、それを当のヘイトさんに語る気はなかった。口に出せば、同情して付き合ってやっているように響きかねないからだ。そんなことを言われても、ヘイトさんは鼻で嗤うだけに違いない。同情でも憐れみでもなく、麻衣子はヘイトさんと話がしたいのだった。

「おれもあんたに言われて、ネット上の意見をあれこれ読んだけどさ、大きく分けて二種類あるなと思った。論理的で理知的な意見を口にしているつもりの奴と、口汚くただ罵倒している奴と」

ヘイトさんは麻衣子と違い、分析的に今回の騒ぎを眺めたようだ。

ざっと頭の中で思い返し、そのとおりだと認めて頷く。

「そんな感じですね。罵倒するだけの頭悪そうな人も腹立つけど、冷静に正論を言っているつもりの人もすごくいや」

「同感。でも、その二種類の人たちは、実生活ではそんなに違うかな。罵倒している奴は粗暴な人間で、頭いいつもりでいる人は実際にインテリなのかね。おれはそんなに差がないんじゃないかと思うんだ。卑しい人間性丸出しでひどいことを言ってる奴も、実は真人間の顔をして普通に会社に行ってるんじゃないか」

「あ、そうかも」

そこまでは考えていなかったが、言われてみれば的を射た指摘と思える。というのも、罵倒派の数は少なくないからだ。それらが全員、反社会的存在だとしたら、日本の治安はかなり悪いことになってしまう。中には若干数、単に幼稚な中高生も交じっているだろうが、話題が話題だけに年齢層の平均は高いはずだ。ならば、大半は社会人と考えるしかない。

まともな社会人として生きていながら、匿名のネット上では口汚い言葉を平気で撒き散らす。やはりそれはストレスのせいなのか、皆で同じことをしていると抑制が利かなくなる日本人の特性か。どちらにしても、人間の裏側を見せられたようで気味が悪いし、明日から周囲を見る目が変わってしまいそうな話でもある。ヘイトさんが孤高を保っている気持ちが、ようやく理解できるようになった気がした。

「――なんか、考えれば考えるほどいやになってきちゃった。勝手で申し訳ないですけど、話題を変えてもいいですか」

我が儘《まま》な女だと思われることを承知の上で、そう持ちかけた。ヘイトさんはあっさりと「ああ、いいよ」と頷いてくれる。麻衣子は一瞬考え、「休みの日は何をしてるんですか？」と訊いた。思い返してみて、前回はヘイトさんの個人情報にはまったく興味を示さなかったことに今頃気づいたのだ。

「休みの日？　そうだなぁ、本読んだり、ＤＶＤを観たりかな。特別なことはしてないよ。あと、夏は日帰りでダイビングに行ったりするけど」

「えっ、ダイビングですか。あたしもやります」

「そうなの？　自分の器材は持ってるの？」

「持ってないです。リゾートに行ったときに、一日だけ潜る程度だから。でも、ライセンスは持ってますよ。日帰りって、どこに行くんですか？」

「もっぱら伊豆だね」

そんな調子で、思いがけなく話が弾んだ。どうやって日帰りで行くのかと尋ね、勢いで自分も行ってみたいと口走った。ヘイトさんは「じゃあ機会があったら行くか」と合わせてくれたが、真に受けていないことは明らかだった。社交辞令は言わないのに、と少し不本意だった。

前回は一軒目の居酒屋だけで別れたが、今夜は興が乗っていたので二軒目にも移動した。ヘイトさんは話し相手としてかなり馬が合うと、はっきり意識した。こうなるとヘイトさんがなまじいい男ではなく、強面でよかったと思えてくる。恋愛感情が挟まれば、関係が面倒になるだけだからだ。

夜の十一時近くまで喋り続け、ようやく解散した。別れ際にヘイトさんは、「楽しかったぜ。また飲もう」と言ってくれた。それは麻衣子もまったく同じ思いだったので、素直に「はい」と頷いた。

7

約束を違《たが》えず、二週間後に今度はヘイトさんの方から誘ってきた。むろん断るわけもなく、麻衣子は応じる。過去二回は行き当たりばったりに店を選んでいたが、今回はあらかじめヘイトさんが予約をしていてくれた。料理が旨《うま》い店なんだという説明どおり、そこは何を食べてもおいしかった。食事が美味で、一緒にいる相手が気の置けない友人であれば、楽しさも倍増する。適度に世の中のいやなところを語り合い、適度に互いの趣味の話をしていれば、時間が経つのはあっという間だった。

「あたしも日帰りダイビングに行ってみたいんですけど、ショップを紹介してくれません？」

「えっ、本気だったの？」

やはり社交辞令だと思っていたようだ。行く気もないのにそんなことは言わない、と強く説明すると、「あんたの性格がわかってきた気がするよ」とヘイトさんは納得していた。理解してくれるならありがたい。ますます付き合いやすくなるなと、麻衣子は考えた。

ダイビングショップの会員になって、実際に日帰りツアーに参加するまでには諸々の手続きが必要だったが、麻衣子はおとなしく従った。ショップでは、ヘイトさんが女友達を連れてきたと驚かれた。女には縁がない人と思われていたらしい。向こうも客商売のせいかもしれないが、ショップではヘイトさんが嫌われていないようなので安心した。行く先々で人とぶつかるようでは、麻衣子も気が揉《も》める。

そうして伊豆への日帰りツアーに参加した。早朝に都下の駅前で集合し、ショップの車で西へ向かう。麻衣子とヘイトさんの他にも参加者はふたりいて、インストラクターも含めて総勢五名だった。二回潜り、遅めの昼食を全員で摂《と》ってから、東京に帰ってくる。集合した駅前に戻ってきたのが七時近かったので、ヘイトさんと夕食だけ食べて別れた。天気がよく、海の透明度も高かったため、大いに満喫できた。相変わらずヘイトさんは、一緒にいて不愉快なところがない人だった。

終始楽しい一日だったが、一点だけ気になることがあった。帰りの車中でヘイトさんが激しく咳き込み、薬を吸入していたのだ。以前にも出ていた、喘息の発作らしい。心配だったが、「大したことねえよ」と当人は意に介さなかった。

「毎日吸わなきゃいけないステロイド薬を、うっかり吸い忘れたんだ。しばらくしたら収まる程度だから、ぜんぜん問題ない」

実際その後は、咳き込むこともなかった。

ヘイトさんと親しくなったことは隠さなかったから、当然の如く社内で噂の的になった。社内恋愛はどんな組み合わせでも話のタネだが、相手がヘイトさんとなればよりいっそう好奇心を刺激するらしい。特に四六時中顔を合わせている美香は、本当はどんな関係なのか気になってならないようだった。

「しつこいようですけど、ヘイトさんとは付き合ってないんですよね」

また昼休みに、そんなことを問いかけてくる。面倒だと思いながらも、ふだんはかわいい後輩なので邪険にはしなかった。

「付き合ってないよ。別に信じてくれなくていいけどさ」

「信じますよ。信じますけど、ものすごく仲が良くなってるって評判ですよ。休日も会ってるって、本当ですか」

「本当よ。共通の趣味があるから」

「信じられなーい。今は何もなくても、友情から始まって愛情に変わるってこともあるから、気をつけてくださいよ。ヘイトさんにそっくりの女の子が生まれちゃったりしたら、悲劇ですから」

「あー、それは同意するわ。でも、絶対にないから大丈夫」

麻衣子が堂々としているせいか、陰で噂はされても面と向かって冷やかされることはなかった。以後も月に一、二回程度のペースで飲みに行き、互いに休日の予定がないときは、昼から会って遊んだりもした。付き合いが長くなってもヘイトさんは当初の態度を変えることなく、麻衣子をあくまで友人として扱った。だからこそ麻衣子も、安心して休みの日にまで会えるのだった。

〈もうすぐ誕生日だよな。なんか予定あるの？〉〈別にないけど〉〈じゃあ、一緒に飯でも食うか〉そんなメールのやり取りをして、麻衣子の誕生日の夜には夕食をともにした。麻衣子も男と付き合わないと決めているわけではないので、誕生日に予定が何もないのは寂しかった。だから誘ってもらえたのは嬉しいし、ヘイトさんが誕生日を憶えていたことには自分でも驚くほど喜びを感じた。ふだんは行かないような少し値段の張るフレンチレストランで会うと、ヘイトさんは「これ」と言って包装された包みをぶっきらぼうにテーブルに置いた。

「おれ、女にプレゼントなんてしたことないから、どういうものを買えばいいのかわからなかったんだよ。気に入らなかったら、質屋にでも売ってくれ」

照れているようだった。わかりやすい奴、と思いながらも、包みを開ける際には胸が弾んだ。出てきたのは、プラチナの星をふたつ組み合わせたペンダントトップのネックレスだった。

「あっ、かわいい。ヘイトさん、顔に似合わずセンスいいね」

「ひと言よけいだよ」

さっそく身に着け、トイレに立った際には鏡でしばし自分の姿を見た。ヘイトさんと知り合い、親しくなれて本当によかったとしみじみ思う。こんな相手とは、もう二度と知り合えないかもしれない。だからこそ、ヘイトさんが男性なのが残念だった。

互いにずっと独身ならば問題ない。しかし麻衣子もいつか結婚したいと思っている。そうなれば、ヘイトさんとの友情も終わりだ。異性間の友情はなんと面倒なのだろうかと、悔しい気持ちが込み上げる。

いっそヘイトさんと付き合ってしまえば、という考えは、最近よく頭をよぎっていた。ヘイトさんの顔も、今ではすっかり気にならなくなった。気が合い、趣味が一致し、互いに信頼し合っている。冷静に考えてみれば、これ以上の男はいない。麻衣子自身、ヘイトさんに覚えている好意が友情なのか、それとも愛情なのか、よくわからなくなっているのだった。

それだけに、最初に『男性としてのヘイトさんに興味はない』とはっきり言い切ってしまったことを後悔していた。ヘイトさんはその言葉を真面目に受け取り、今に至るも麻衣子を異性として見ていない。

付き合ってもいいと考えているのは、麻衣子だけかもしれないのだ。だから、麻衣子の方から今の関係を壊すようなことは言い出せなかった。

その夜もヘイトさんはあくまで紳士で、遅くならない時刻にあっさり麻衣子と別れた。「じゃあ、また明日」というヘイトさんの言葉を物足りなく感じたのは、初めてだった。

季節が一巡しても、ヘイトさんとの仲は変わらなかった。ヘイトさんはもとより女っ気がないし、麻衣子も他の男と付き合う気がなくなっていた。一度、社内の男性に誘われたことはあったが、食事をしても大して面白くなかった。麻衣子の素っ気ない態度が伝わったのか、相手も諦めて去っていった。

こんな調子で、ずっとヘイトさんと友達付き合いを続けていくのも悪くないかと思い始めていた。少なくとも二十代のうちは、このままでいい。先のことなど誰にもわからないのだから、今の関係が良好ならそれを大事にしようと考えていた。

しかし、ヘイトさんとの付き合いはあるとき唐突に終わった。それはあまりに突然すぎて、麻衣子は受け入れられなかった。電話をしてきたのがヘイトさんの母親だとわかっていても、たちの悪い冗談を口にしているのだと思った。昨日まで健康そうに生きていた人が、不意にいなくなったと知らされて、誰が納得できるだろう。後で思い出して気づいたが、麻衣子は何度も「嘘ですよね」と繰り返していた。

息子が死んだと、ヘイトさんの母親は泣きながら麻衣子に告げた。

喘息の発作で呼吸困難に陥り、そのまま死亡したという。麻衣子は一年以上に亘《わた》る付き合いで、ヘイトさんが何度か喘息の発作に襲われるところを目撃していた。だが本人曰く、軽い症状だから心配ないとのことだった。実際、数分もすればすぐに収まっていた。だから最初の頃こそ心配したが、最近では麻衣子も気にしなくなっていた。

あの発作は、大の大人の命を奪うほどのものだったのか。喘息についての知識がないので、騙《だま》されたような心地だった。そんなに重病なら、もっとうるさく気をつけるように言うべきだった。喘息なのにダイビングをしたり、酒を飲んだりしてよかったのか。これまで共有した時間の数々が一気に頭に甦り、麻衣子を責め苛《さいな》む。まさか、という言葉以外、頭に浮かばなかった。

夜だったのでタクシーを飛ばし、母親に教えられた病院に駆けつけた。地下の霊安室に案内され、顔に白い布を被せられたヘイトさんと対面する。両親の許可も取らず、布を剝いだ。目を瞑《つぶ》ったヘイトさんは、ただ寝ているだけにしか見えなかった。

「なんで……」

ひと言だけ呟いて、頰に触れた。すると、不気味なほどにそこは冷たく、麻衣子は思わず手を離した。生きている人の体温ではない。そう認識すると、抑制が破れた。ヘイトさんの亡骸《なきがら》に覆い被さり、「なんで？　なんで？」と大声で問いながら号泣した。

以後の数日は、まるで現実感がなかった。知人が死んでも、会社は休めない。こんな大きな欠落があるのになぜいつもどおりに過ごさなければならないのかと、麻衣子は不思議でならなかった。坦々《たんたん》と流れていく時間を、理不尽に感じた。

美香を始めとする同僚たちは、変な慰めを口にしたりはしなかった。ヘイトさんとの関係がよくわからないから、慰めようもないのだろう。ただ、麻衣子の落ち込みようが尋常でないので、やはりふたりは恋愛関係だったのだと早合点している節があった。麻衣子にはそれを訂正する気力がなかった。

通夜と本葬の両方に出席し、日をおいて自宅にも訪問した。遺影のヘイトさんはやはりどう見てもヤクザ風で、今となっては麻衣子に泣き笑いを強いる。こんな恐ろしげな顔の下に一本気の気性が潜んでいることは、両親を除けばおそらく自分しか知らなかった。あたしこそがヘイトさんの最大の理解者であり、またヘイトさんはあたしを最もよく理解してくれる人だった。そう考えると、涙は無限に溢れてくるかのようだった。

ヘイトさんは発作を起こした日、毎日吸わなければならないステロイド薬を吸い忘れていた。発作はたまにしか起きないので、油断していたのだ。しかしいつもの発作が、あの日はヘイトさんを呼吸困難に陥らせた。母親の説明によれば、喘息の発作による死亡はさほど珍しくないのだそうだ。特に症状が軽い人ほど甘く考えていて、命を落としてしまうことが多いという。まさにヘイトさんはそのパターンだ。

馬鹿、と内心で麻衣子は罵《ののし》った。

「発作を起こしたとき、通晃《みちあき》は漫画喫茶の個室にいて、誰にも助けてもらえなかったんですよ。せめて会社だったら、誰かが救急車を呼んでくれて助かったでしょうに」

母親は目頭を押さえながら、悔しげに言葉を漏らした。悔しい思いは麻衣子も同じだ。病院で適切な処置を受ければ死ぬことはなかったと聞けば、よけいに悔しい。なぜ漫画喫茶なんかに行ったんだと、ヘイトさんを責めたくなる。

無駄な行動だと思いながらも、母親から聞いた漫画喫茶に行ってみたい気持ちを抑えられなかった。ヘイトさんの最期の場所を、この目で見てみたい。できれば、そのときの様子を店員に訊いてみたかった。

教えてもらった漫画喫茶は、新宿駅のそばにあった。知らなかったが、ヘイトさんは会社帰りによく寄っていたらしい。同僚と飲むわけでもなく、ただ家と会社を往復するだけの日々を、実は辛く感じていたのだろうか。そんな素振りはまったく見せなかっただけに、麻衣子には切なく感じられた。もしかしたら麻衣子と会うことを、こちらが思う以上に楽しみにしていたのかもしれないと気づく。あまりに遅すぎるその発見が、麻衣子の胸を締めつけた。

店は見つけたが、漫画喫茶には行ったことがないので、勝手がわからなかった。だから受付で事情をそのまま話し、ヘイトさんが使っていた部屋を見せてもらうことにした。店員は特に拒絶することもなく、案内してくれる。麻衣子はただその後についていった。

個室が並ぶフロアに入って、少し意外に感じた。個室というから入り口にはドアがあるのかと思っていたが、そうではなく単なるカーテンだけだった。つまり個室は密閉されているわけではなく、声を上げれば外に届く構造なのだ。それがわかり、なにやらいやな予感が込み上げてきた。

「ここです」

店員が足を止めたのは、通路の真ん中辺りの個室の前だった。その部屋は空いていたが、左右は埋まっている。カーテンを捲《めく》り、中を覗いた。リクライニングするひとりがけソファと、パソコンが設置されていた。だがスペースは、両手を広げれば壁にぶつかる程度しかなかった。

「このソファで亡くなっていたんですか」

店員に尋ねると、「いえ」という返事が返ってきた。

「床に倒れていたそうです」

「床に？　どの辺ですか」

「頭はこの辺りまではみ出ていたらしいです」

店員は個室の入り口付近を指差した。個室からは出ているが、通路を通る人の邪魔になるほどではない、微妙な位置だった。

「……そのとき、お店に他のお客さんはいなかったんですか」

「いえ、夜の時間帯ですから、空《す》いてはいなかったはずです」

麻衣子は改めて、前後の様子を見渡した。ここは通路の真ん中辺りに位置するので、奥の個室の人が飲み物や漫画を取りに行く際には必ず通ることになる。だからもし通路に出れば、倒れているヘイトさんには気づいたはずだ。仮にたまたまそのとき通りかかる人がいなかったとしても、呻き声くらいは届く。助けを求めて左右の壁を叩けば、気づかれないはずがないのだった。

「店員さんが見つけるまで、誰も助けてくれなかったんですよね」

「――そう聞いてます」

麻衣子の声が低くくぐもっていたせいか、店員は答えるのに一瞬ためらった。自分がどんな表情をしているか、麻衣子は見当がつかなかった。

あの事故のときと同じだ。トラックがビルに突っ込み、怪我人が何人も出ているのに、助けようともせず傍観していた人たち。ヘイトさんが発作で苦しみ、倒れていても、他の客たちは無視した。ヘイトさんの強面が災いしたのかもしれない。倒れているのか床に寝ているのか、判断がつきにくい位置にいたのも不運だった。関わり合いになるのを避けて、倒れているヘイトさんの頭をよけて通る人の姿が目に浮かぶ。日本人だ、典型的な事なかれ主義の日本人だ。他人の痛みに無関心な日本人の特性が、ヘイトさんを殺したのだ。

かけがえのない人だったのに。今になって、麻衣子は痛切に思う。他にはいない、大事な人だった。そんな人が、最も嫌う日本人の悪癖に殺された。だからヘイトさんは怒っていたのに。いつかこういうことが起きると予想できたから、よりよい国になって欲しいと願っていたのに。

こんな国、滅んでしまえばいい。麻衣子の心にぽつんと、黒々とした思いが生じた。テロでもなんでもいい、こんな冷淡な社会は壊してくれ。呪詛《じゅそ》の言葉が、心をじわじわと侵食する。この黒い染みは、もう二度と消し去ることができないと麻衣子は思った。

本書は、株式会社朝日新聞出版のご厚意により、朝日文庫『私に似た人』を底本としました。但し、頁数の都合により、上巻・中巻・下巻の三分冊といたしました。

私に似た人　上
（大活字本シリーズ）

2019年 6 月10日発行（限定部数500部）
底　本　朝日文庫『私に似た人』
定　価　（本体 3,000円＋税）
著　者　貫井　徳郎
発行者　並木　則康
発行所　社会福祉法人 埼玉福祉会
埼玉県新座市堀ノ内 3—7—31　〒352—0023
電話　048—481—2181
振替　00160—3—24404
印刷製本所　社会福祉法人 埼玉福祉会 印刷事業部

ISBN 978-4-86596-299-4

大活字本シリーズ発刊の趣意

現在，全国で65才以上の高齢者は1，240万人にも及び，我が国も先進諸国なみに高齢化社会になってまいりました。これらの人々は，多かれ少なかれ視力が衰えてきております。また一方，視力障害者のうちの約半数は弱視障害者で，18万人を数えますが，全盲と弱視の割合は，医学の進歩によって弱視者が増える傾向にあると言われております。

私どもの社会生活は，職業上も，文化生活上も，活字を除外しては考えられません。拡大鏡や拡大テレビなどを使用しても，眼の疲労は早く，活字が大きいことが一番望まれています。しかしながら，大きな活字で組みますと，ページ数が増大し，かつ販売部数がそれほどまとまらないので，いきおいコスト高となってしまうために，どこの出版社でも発行に踏み切れないのが実態であります。

埼玉福祉会は，老人や弱視者に少しでも読み易い大活字本を提供することを念願とし，身体障害者の働く工場を母胎として，製作し発行することに踏み切りました。

何卒，強力なご支援をいただき，図書館・盲学校・弱視学級のある学校・福祉センター・老人ホーム・病院等々に広く普及し，多くの人人に利用されることを切望してやみません。